# 執愛虜囚
## ～マフィアと復讐者～

真宮藍璃

illustration:
立石 涼



prism bunko

CONTENTS

# 執愛虜囚　～マフィアと復讐者～

ニューヨークの、七月の夕刻。

トワイライトに染まるマンハッタンの街並みを後ろへと押し流すようにしながら、豪華客船『オーシャンブリーズ』号が、ハドソンリバーをゆっくりと下っていく。

鳴瀬《なるせ》弘樹《ひろき》は船の後部デッキに立って、倦《う》んだ気持ちで川面《かわも》を眺めやっていた。

視界の端に揺れるのは、出港の際に港と船とを繋《つな》いでいた紙テープの名残《なごり》。陸地との別れを惜《お》しむように船上からヒラヒラと漂《ただよ》っているその先が、川の水に触れて濡《ぬ》れ、ちぎれてどうしようもなくもてあそばれている様はどこか哀れだ。

まるで突然断ち切られた幸福な人生の象徴のように。

（ほとんど俺そのものみたいだな）

さっぱりと品のいい長さに整えられた髪に、やや物憂《ものう》げだがすっとした目元。そして鼻筋の通った端整な顔立ち。

水面を見つめる弘樹の表情には、いくらか陰りがあるものの、その理知的で凛《りん》とした面持ちは、男ではあるが美しいと形容される部類に入るだろう。姿勢のいいその立ち姿には、どことなく育ちの良さまでも滲《にじ》み出ている。

だが、この船に乗るため身繕いをする直前まで、弘樹は髪も整えず無精《ぶしょう》ひげも剃らずといった体たらくで、ひどく荒れた生活を送っていた。哀しみと後悔とに苛《さいな》まれた心には、今この瞬間も深い絶望と孤独とが渦巻いている。このままこの船ごと川に沈んでしまえばいいのにと、そんなことすら思うほどの強く根深い負の感情だ。

けれど――――。

（いい、アレンジだな……）

ふと耳に届いた、リドデッキでビッグバンドが演奏するスタンダードナンバー。

軽快なその調べが、弘樹の心を一瞬だけ慰める。自分がこの船にやってきた目的を思うと、たった今離れてきた陸地と自ら捨て去ってきたジャズピアニストとしての未来が、ほんの少しだけ恋しくなってくる。目的を遂《と》げても遂げなくても、恐らくもう二度とは戻れない世界だと、そう分かってはいるのだけれど。

弘樹はふっと一つ息を吐いて、ゆっくりとデッキを振り返った。

出港後ほどなく始まったカクテルパーティーに集うのは、ドレスアップした乗船客たちだ。誰もが皆、これから始まる船旅に期待感を抱き、心が高揚しているのが分かる。

このラグジュアリーなクルーズ船、『オーシャンブリーズ』号は、総トン数六万トンほどの中型新造客船だ。

ニューヨークから大西洋を横断して、ポルトガル、スペイン、フランスの都市に寄港し、最終的にイタリアのシチリアへと向かう、およそひと月ほどの今回の船旅が処女航海で、それゆえに船のオーナーも乗船している。

弘樹は注意深く視線を動かして、デッキの中ほどで乗船客たちと談笑している男を視界に捉えた。

ここ数年で急成長を遂げた巨大複合企業体《コングロマリット》、『マルティーニグループ』の若き総帥《そうすい》、リカルド・マルティーニ。

仕立てのよさそうなブラックスーツをさらりと着こなす、肩幅の広い長身の体躯《たいく》に、丁寧に撫でつけられた豊かな黒髪。意志の強そうな瞳の黒は、それよりも更に深みのある漆《しっ》黒《こく》だ。彫りが深くいくらか影のある目元には、強い雄の色香が匂っている。

だがその顔つきは、野性的というのではない。鼻梁《びりょう》の高い南欧的な顔立ちの中には、ほんの少し東洋的な静謐《せいひつ》さも漂っていて、それが彼にどこかエレガントな雰囲気をまとわせている。母親が日本人だという話だから、その血ゆえなのかもしれない。

この船のオーナーであるその男の、強烈な存在感のある立ち姿に、カッと胸の内を焼かれるような憎しみを覚える。

(卑劣な、マフィアが！)

弘樹はぐっと拳を握って、胸に湧《わ》き上がる怒りと憎しみの感情を抑えつけた。

視線の先の男、世界的大企業の総帥は、そのスマートな物腰とは正反対の恐ろしい男だ。

邪魔者《じゃまもの》は容赦なく排除する冷血漢。マフィアの一族であるという己の正体を知った人間を虫けらのように殺す、悪魔のような男。弘樹の大切な姉とその婚約者の命を無残に奪い去った、憎むべき男――。

自分の過去も未来も、もうどうでもいい。

必ずこの手であの男を殺す。この旅の間に、姉たちの復讐《ふくしゅう》を遂げてみせる。

そう心に誓いながら、弘樹はリカルドの姿を目に焼き付けていた。

『弘《ひろ》君、私が戻ってくるまでにちゃんとベートーベンをさらっておくのよ？　あなたはもうジャズマンだけど、クラシックの基礎は絶対に忘れちゃ駄目なんだから！』

姉と二人で暮らしていた、ニューヨーク・マンハッタンのミッドタウン。

今からふた月ほど前のその日、弘樹の姉の由香《ゆか》はアパートの前の車道際に立って、窓から手を振る弘樹に向かって笑顔でそう叫んでいた。

弘樹が由香から婚約の知らせを聞いたのは、その数日前のことだった。すでに家族ぐるみで付き合っていた、弘樹の所属する音楽事務所の社長カルロ・フランコと由香との婚約を、姉と苦楽を共にしてきた弘樹は心から祝福した。だから、カルロと二人でロサンゼルスまで婚前旅行に出てくると、車にキャンピング用品を積んで出かける由香を、その日弘樹は笑顔で送り出したのだ。

二人の乗った車が旅の終着点であるロサンゼルスの市街地の真ん中で事故を起こし、二人とも帰らぬ人になるなんて、まさか思いもしなかった。

(事故なら、まだ諦めもついた……。でも……)

由香の葬儀のため日本に帰国し、再びニューヨークへと戻った弘樹は、すぐにカルロの家族に会いに行った。そこで弘樹は、カルロの母親から意外な話を聞かされたのだ。恐らく由香にも話していなかったのであろう、カルロの周りのキナ臭い話を。

『あの子、心配をかけたくなくて誰にも話していなかったらしいんだけど、どうも誰かに恨まれていたみたいなの』

ここ数か月、カルロの元には無言電話がかかってきたり、脅《おど》すような内容のメールが届いたり、果ては車に大きな傷をつけられるようなこともあったらしい。カルロは母親にだけその話をしていて、身辺に気をつけるよう話までしていたというのだ。

ロサンゼルスでの事故に関しても、見通しのいい広い道で、元々運転の腕が確かなカルロが操作を誤るような要素は何もなかった。だからあの事故は、もしかしたらただの事故じゃなかったのかもしれない――。

カルロの弟妹や親戚に抱きかかえられ、取り乱しながらそう言って泣くカルロの母親に、弘樹は何と声をかけていいのか分からず絶句してしまった。

だがすぐに強く思ったのだ。あれが事故でなかったのなら、是が非でもその真相を知らねばならないと。

(だって姉さんをニューヨークにまで来させたのは、この俺なんだから!)

弘樹の家は、クラシック音楽家の家系だった。

父の鳴瀬秀介《しゅうすけ》は世界的に活躍する指揮者であるし、幼いころに亡くなった母もバイオリニストであったから、弘樹と由香は幼少時代をイタリアやフランスで過ごし、いつしか当たり前のように音楽家への道を志すようになっていた。由香も元々はローマで声楽家への道を歩んでいたし、弘樹自身もピアノの英才教育を受けて十代でいくつかの賞を取り、パリの音楽院《コンセルバトワール》に留学するなど、クラシックピアニストとして期待されていた。

けれど弘樹が本当にやりたかったのは、父に言わせれば邪道な音楽であるジャズだった。父のすすめで契約したエージェントの元を飛び出してアメリカに渡ると告げると、弘樹は父に勘当《かんどう》を言い渡されてしまった。

でも由香は、そんな弘樹に理解を示してくれた。弘樹が苦労しながらジャズの勉強をし、ニューヨークで単発の仕事をするようになると、由香は声楽家への道を捨ててこちらにやってきて、弘樹の生活の面倒をみたりマネージメントの仕事をしてくれたりと、ジャズピアニストとして駆け出しの弘樹を支えてくれるようになった。親が用意した決められた道を歩くのは人生の無駄だわと、そんなことを言いながら。

母の死後、男手ひとつで育ててきた子供たちに裏切られたと落胆し、激怒した父とは、それ以降ほとんど音信不通だった。

弘樹が由香の亡骸《なきがら》と共に日本に帰国し、身内だけの密葬の席で再会するまでは――。

「こんばんは。きみは、日本人かな？」

『オーシャンブリーズ』号のデッキでのカクテルパーティーもそろそろ終わりに近づいていたから、弘樹は船室へ戻ろうと歩いていた。由香の葬儀の日の苦い記憶を思い出しかけたところで、不意に誰かに話しかけられた。

しっとりとした、ネイティブらしい抑揚《よくよう》の日本語。

もしや知り合いだろうかとほんの少し慌てながら、ゆっくりと振り返ると、そこにいたのは誰あろうリカルド・マルティーニだった。

とっさに言葉が出てこなくて、目を見開いて見返すと、リカルドが小首を傾《かし》げて英語で続けた。

『ああ、突然失礼。もしかして、日本人なのかなと……。私の日本語は、通じていなかっ

たかな？』

そう言って小さく笑うリカルドに、また胸の内の憎しみで燻《くすぶ》る火を煽《あお》られる。

こんなことなら、セキュリティー検査をすり抜けて船に持ち込んだ拳銃をここへ持ってくればよかった。そうすれば今すぐこの男の額に風穴を開けて、復讐を成し遂げることができたのに――――！

そう思って内心歯噛みしながらも、弘樹は努めて平静を装ってリカルドを見返した。

「……こちらこそ、失礼しました。日本語で話しかけられるとは思っていなくて。初めまして、シニョール・マルティーニ」

一応日本語で答えて、弘樹は続けた。

「スズキケンジと申します。あなたにお声かけ頂くなんて、光栄です」

偽造パスポートに記載された偽名を名乗ってそう言ったら、リカルドはその形のいい口唇の端に薄い笑みを浮かべた。

「ふふ、ケンジ、か。そう呼んでも構わないかな？　こちらこそ初めまして。お独りでご旅行かな？　もしかして、バカンス旅行だとか？」

「ええ、まあ」

誤魔化しながらも、低く響くリカルドの声に少しばかり気持ちが焦る。

まさかそんなはずはないとは思うが、まるで全てを見透かされているかのような気分にさせられる。気を抜くと深みのあるその瞳の眼力にのみ込まれてしまいそうだ。

だが、こちらとて必ず復讐を遂げると覚悟を決めて来ているのだ。ここで気持ちで負けたりはしたくない。

強い意志を抱きながらリカルドの漆黒の瞳を見つめていると、こちらがナーバスになっていると感じたのか、リカルドが鷹揚《おうよう》な笑みを浮かべた。

「そんなに緊張しなくてもいいのに。私のことも、リカルドと呼んでくれればいい」

そう言ってリカルドが、思い出したように続ける。

「ああ、そうだ。よかったら今夜、私の個人的なパーティーに顔を出さないか？」

「あなたの、パーティーに？」

「船旅を楽しむ秘訣《ひけつ》は、なるべく早く旅の友を作ることだ。私もオーナーとして、できるだけたくさんのゲストと話をしたくてね。きみのような単身の旅行者を、毎日数人ずつ私のスイートに招待しようと思っているんだ。時間的にディナーのあとになってしまうけれど、どうかな？」

いきなりの提案に驚かされる。こんなラグジュアリー客船で、オーナー自らがスタンダード客室の旅行者を自分のスイートに招いてもてなすなんて、どういうつもりなのだろう。まさか暗殺計画がバレているのだろうか。

弘樹は焦りを隠しながら問いかけた。

「し、しかし……、私などが伺《うかが》って、よろしいのですか？」

「当たり前じゃないか。もう数人に声をかけてある。気軽に来てもらっていい。十時ごろに部屋に迎えをやるから、よければ客室ナンバーを教えてくれないか？」

そう言ってリカルドが、親しげな笑みを浮かべる。

どうやら本気で部屋に招くつもりのようだ。まさかこんなにすぐに彼に近づける機会が巡ってくるなんて思わなかったから、興奮してしまう。

(絶好の、チャンスじゃないか！)

彼に復讐するためにここまで来たのだ。この機会を逃してなるものか。

弘樹はゴクリと唾を飲んでから言った。

「分かりました。では、お言葉に甘えて伺わせて頂きます」

今夜、ディナーのあとでおまえを殺しに行く。せいぜい最後の晩餐《ばんさん》を楽しむがいい——

——。

そんな昏《くら》い高揚に心が震えるのを感じながら、弘樹は客室ナンバーを教えていた。

『由香があんな死に方をしたのは、おまえのせいだ！　おまえがジャズなんかに傾倒しなかったら、由香は死ななかったんだっ……！』

最愛の姉の葬儀の席で、父に殴られながら浴びせられた言葉。

父のそんな心ない罵倒《ばとう》の言葉に、弘樹は心を切り裂かれるような思いだった。娘を失った父親の発した理不尽な言葉だと分かっていても、自分には大切な人を失った哀しみを共有できる相手すらもいないのだと感じて、どうしようもなく落ち込んだ。

あまりにも辛すぎて、四十九日の法要も待たずに逃げるようにニューヨークへと戻ってきたけれど、姉の遺品が残る部屋でピアノなど弾く気力もなく、弘樹は仕事も手につかなくなってしまった。

けれど、カルロの母から聞かされた『あの事故はただの事故じゃなかったのかもしれない』という話は、弘樹の気持ちを大きく揺さぶった。もしも事故でなかったのなら、誰かがそう仕向けたということだ。人切な姉と、兄のように慕っていたカルロの命を無残に奪った人間がいるのなら、絶対に許すわけにはいかない。この手で見つけ出して八つ裂きにしてやらなければ、到底気が済まない――。

そんな強い衝動に駆られた弘樹は、着の身着のままでロサンゼルスへ向かい、事故現場や地元の警察署、果てはリトルイタリーにまで足を運んで、姉とカルロの死が事故でなかったことの手掛かりをやみくもに探そうとした。

だがそんなものが簡単に見つかるわけもなかった。近隣の住民とトラブルになり、逆に警察に捕まってふた晩ほど留置所に入れられたあとは、もうどうしたらいいか分からなくなってロサンゼルスの安宿にこもり、荒れた心を強い酒で紛らわして何日も過ごした。深い哀しみと絶望感に苛まれ、このまま心が壊れていくのだろうかと思いながらも自分をコントロールすることができず、酩酊《めいてい》状態のままベッドで過ごしていた矢先――。

突然、弘樹の元を訪ねてきた男がいた。

赤ら顔に縮れ毛を撫でつけた、南欧風の風貌のその男は、三十代くらいだろうか。カルロの古い友人だと言い、コジモと名乗った。

『初めまして、シニョール鳴瀬。僕はカルロとは同郷でね。シチリアのタオルミーナってところなんだが、知っているかな？　若いころは随分世話になったたし、彼の妹のアルマとも親しくしていた。随分、昔のことだけれどね』

コジモのイタリア語には、カルロの生まれ故郷であるシチリアの訛《なま》りが入っていた。カルロから出身地の話は何度か聞いていたし、アルマというのはカルロの一番下の妹の名だ。かなり酒の回った頭だったが、彼がカルロの友人だというのは本当のようだと弘樹は感じた。話を聞こうと身を乗り出すと、コジモは辛そうに眉根を寄せた。

『シニョール鳴瀬、落ち着いて聞いて欲しい。カルロときみのお姉さんは、本当は事故で死んだんじゃない。事故に見せかけて、殺されたんだ』

『殺されたっ？　って、一体、誰につ……？』

『マフィアだ。シチリアマフィアだよ』

思いもかけないことを言われ、言葉を失う。

あの事故がただの事故でなかったのなら真相が知りたいと、そう思ってロサンゼルスまで来たのは確かだ。けれどそんな話を聞くことになるとは思わなかった。古い映画かフィクションの世界ならいざ知らず、この現代社会、しかもアメリカで、まさかそんな――。

『信じられないのも無理はない。でもマフィアは今も確かに存在していて、力を持ち続けている。きみはマルティーニグループを知っているかい？』

『マルティーニって、あのマルティーニタワーのですか？　ニューヨーク五番街に建ったばかりの、複合ビルの……？』

北米とヨーロッパを拠点に、不動産やレジャー施設事業を展開する一大企業体、マルティーニグループ。

ここ数年で大きく成長した同グループは、三年ほど前にラスベガスの二つの巨大カジノホテルを立て続けに買収したことで話題になったが、その後アメリカやヨーロッパ各地の保養地に複合リゾート施設を相次いでオープンさせるなど、躍進めざましい企業だ。昨年は大手海運企業を傘下に収めていて、ニューヨークから地中海をクルーズする豪華客船が近々お目見えするという話題は、ニューヨーカーの間では有名だった。

グループの成功は全てトップに君臨する総帥、リカルド・マルティーニの確かな経営手腕の賜物《たまもの》だと、以前ビジネス雑誌か何かで読んだことがある。

『リカルドは、実はマフィアの一員なんだ。シチリアの歴史の古い組織、マルティーニファミリーのね。カルロはそれを知ってしまったから、あんなふうに無残に殺されたんだ。ただ秘密を知ってしまったというだけなのに……！』

言うなり、コジモがほろほろと涙を流し始めた。それをハンカチで拭いながら、ポケットから新聞の切り抜きといくつかの写真を取り出してこちらに見せる。

新聞記事は、『謎の爆破テロ？』という見出しの火災記事だ。写真は激しく燃えている建物を写したものが二枚。それに泣き叫ぶ子供の姿を捉えた写真。

そして最後の数枚は――。

（焼、死体っ……？）

あまりに凄惨《せいさん》な写真に、ぐっと胃の辺りが苦しくなる。コジモが泣きながら言う。

『これはね、僕の兄とその妻、それに母だ。兄はラスベガスで小さな飲食店をやっていた。だがあるとき、マルティーニグループに立ち退きを迫られたんだ。事業の邪魔だと言われてね。納得のいかない兄は当然断った。そしてリカルドがマフィアであることを突き止めて、非合法組織の撲滅運動を推進中の当局へ訴えようとした。そうしたら奴は、店に爆弾をっ……！』

そう言ってコジモが泣き崩れる。まさかカルロも同じように殺されたと、コジモはそう言いたいのか。弘樹は動転しながら訊《き》いた。

『待ってくれ……。まさか、カルロもっ？　彼もそうやって殺されたと……？』

『間違いない。彼が事故を起こした場所は見通しのいい幹線道路だ。何もない場所で事故を起こすようなカルロじゃない。それにきみの姉は、彼の婚約者だった。そうだろう？』

『ああ、そうだ。でも、それが何か関係がっ？』

『狙《ねら》われたんだよ、見せしめのために！　家族や恋人共々邪魔者を消すのが、奴の常套手段《じょうとうしゅ》なんだ。あいつはシチリアで、自分の父親や異母兄姉もそうやって殺した。奴はそういう男だ。冷淡で酷薄な悪魔のような男なんだよっ』

涙と鼻水とよだれで顔をぐちゃぐちゃにしながら、シチリア訛りのイタリア語でまくし立てるコジモの姿に、ギュッと胸を締めつけられる。その様子はとても嘘を言っているようには見えなかった。

（許せない……！）

そんなひどいことをする人間がいるなんて、とても許しがたい。カルロと由香がそんなふうにして殺されたのかと思うと、叫びだしたいほどだ。

鮮烈な怒りにクラクラしながらコジモの話を反芻《はんすう》していると、やがてコジモが熱っぽい目をしてこちらを見返してきた。

『僕はね、シニョール鳴瀬。本当はこの手で恨みを晴らそうと思っていたんだ』

『……恨みを、晴らす……？』

『奴を殺してやろうと思っていた。だって大切な家族を奪われたんだ……。そのために、こんなものまで手に入れた』

コジモが言って、懐から何かずしりとしたものを取り出した。それが小さな拳銃だったから、ギョッとする。先ほどの写真を示して、コジモが言った。

『でも、この写真の子……、兄の息子なんだが、彼が生き残った。僕たちはたった二人だけの家族になってしまったんだ。もしも僕が何かしでかしてしまったら、この子は本当に一人ぼっちになってしまう。だから悔しいけれど、僕はそうすることができないんだ』

言いながらぐっと拳銃を握り締めたコジモが、静かにこちらを見つめた。

『シニョール鳴瀬、きみはどうだ？』

『え……？』

『きみは憎くないか、リカルド・マルティーニが？　きみの家族を虫けらのように殺した男が？』

低くそう問われて、驚いてしまう。話が本当ならばリカルドという男が憎いが、コジモの口調の静けさが、どこか少し怖くも感じる。

弘樹の戸惑いに気づいたように、コジモが首を振る。

『ああ、すまないね、シニョール。きみを怖がらせてしまったかな』

そう言ってハンカチで顔を拭い、コジモが意味ありげに続ける。

『でもきみがもしそうしたいというなら、僕はいつでも協力するから。家族を奪われたきみが、復讐を果たしたいと望むのならね』

『復、讐……？』

慣れぬ言葉。

だがそれは、弘樹の心を揺さぶり、強く刺激した。大切な家族を失った哀しみと絶望、そして彼らの命を奪った相手への怒りと憎しみが、その言葉によって一つに結びつき、大きなうねりとなって弘樹の気持ちを押し上げる。

憎い相手を殺してやりたい。この身がどうなろうとも、殺された者たちの仇《かたき》をこの手で討ちたい――――。

そんな激情的な想いが、胸にじわじわと広がっていく。憎しみに震える声で、弘樹は言った。

『俺、やるよ』

『……シニョール……？』

弘樹の強い意気に満ちた言葉に驚いたのか、コジモが微かに目を見開く。弘樹は拳銃を握るコジモの手に自分の手を添えて続けた。

『俺がやってやる。あんたの家族の分も、俺が復讐を遂げてやる。だから教えてくれ、その卑劣なマフィアの男のことを。リカルド・マルティーニのことを！』

こちらはもう、失うものなど何もない。だったらこの哀しみと絶望を、憎い男にぶつけてやる。弘樹はそんな想いを伝えるように、コジモの目を見据えていた。


「――――ようこそ、ケンジ。さあ、どうぞ中へ」

船内スタッフに案内されて、弘樹がリカルドの客室へ行くと、リカルドは白いシルクシャツにスラックスという寛《くつろ》いだ姿で弘樹を出迎えた。ディナータイムのドレスコードに合わせたスーツ姿のままでやってきたのは、少々堅苦しすぎただろうか。

しかもその懐《ふところ》に、冷たく硬い拳銃を忍ばせながら。

（でも、本当にここまで来られたんだ、俺は……！）

『僕が手助けできるのは、船にきみと拳銃とを送り込むところまでだ。申し訳ないが、僕は甥っ子の安全を最優先に考えなきゃならない。だから乗船以降は、一切連絡は取り合わないこととして欲しい』

ロサンゼルスの安宿で話して、弘樹の本気を感じ取ってくれたコジモは、リカルドに接触して暗殺を決行するのに最も適した場所として、この『オーシャンブリーズ』号を提案してくれた。リカルドは身辺の安全に常に気を配っているが、この船ならコジモもつてをたどってチケットを手配できる上、クルーズ中は逃げられる心配もないから、というのがその理由だったが、それはつまり乗船以降は全て独りで暗殺計画を遂行《すいこう》しなければならず、またこちらも逃れられないということだ。最初は自分にできるのかと、とても不安になったけれど。

（復讐を遂げなければ、俺は一生後悔する）

あとのことなどどうでもいい。とにかくこの怒りと哀しみを全て憎い相手にぶつけてしまわなければ、もうまともに呼吸することすらできない――――。

そんな痛切な想いを抱いて、弘樹はここまでやってきたのだ。こんなに早くチャンスが巡ってくるとは思いもしなかったけれど、この好機は活《い》かしてみせる。

弘樹は速まる鼓動を抑えるように、笑みを浮かべて言った。

「お招き頂きありがとうございます。スイート客室は初めてで、何だか緊張します」

「ふふ、緊張などしなくていい。きみはゲストなんだ。そう硬くならず、寛いでくれ。夜風が気持ちいいから、窓辺へ行こうか」

言いながら、リカルドが先に立って部屋の中へと誘う。

リカルドは全くこちらを警戒していない。今すぐ撃ち殺したい気もするが、その前に、一体どんな考えで由香たちを殺したのか、それを問いただしてやりたい思いもある。弘樹は黙ってあとに続いた。

この部屋は確か、ラグジュアリーなこの船の中でもかなりグレードの高い、グランドスイート客室だった。客室の海側全てを繋ぐバルコニー付きのスイートで、今は夜の闇が覆うばかりだが、日が昇れば窓の外は素晴らしい眺めだろう。

クラシカルなヨーロピアン調の調度品の美しさも煌《きら》めくばかりで、リビングの一角にはミニバーまでが設《しつら》えられており、今はバーテンダーもいる。応接テーブルの上には軽いスナック類が用意されていて、背後には給仕が控えていた。

だが、部屋にいたのは彼らとリカルドだけだった。どうやら弘樹は一番乗りだったようだ。急に決断を迫られたような気がして、全身から嫌な汗が噴き出してくる。

(どうする。今すぐ拳銃を抜くか、それとも、っ……?)

人が少ないほうがやりやすいのは確かだが、いざとなると判断が難しい。

内心激しく動揺しながら、ミニバーのバーテンダーからシャンパンを受け取り、リカルドが歩いていった窓辺のほうへ向かおうと、広いリビングを横切って歩いていくと——。

「……!」

L字型の広いリビングの角を曲がったところで、突然目の前に重厚なグランドピアノが現れた。こんなところにピアノがあるとは思わなかったから驚いていると、こちらに背を向けて椅子に腰かけていたリカルドが、突然ターンと勢いよく鍵盤を叩いた。

重厚な音。オーストリアの有名メーカーの、独特の癖のある音色だ。

まだヨーロッパでクラシックをやっていたころに弾き込んだ、ベートーベンのピアノソナタの調べ。

ほとんど無意識にそう認識し、何故だか不穏な気持ちになる。

リカルドがゆっくりとこちらを振り返る。

「……ん？　どうかしたのか、ケンジ？　ひどく汗をかいているようだが？」

「い、いいえ、何でも。まだ少し緊張しているのかな。その……、スイート客室には、ピアノまであるのですね？」

「普段はここにはない。出港直前に急遽《きゅうきょ》運ばせたのだ。下の劇場のピアノをな」

「そう、ですか……。あなたがピアノを？」

「いや、私は弾かない。とあるゲストのために運ばせた」

そっけない口調でそう言って、リカルドがピアノの上に置いていたグラスを持ち上げる。

「何はともあれ、まずは乾杯をしよう。我々の出会いに」

「……ええ。乾、杯……」

我々の出会いに、だなんて、まるで口説こうとしている女性にでも言うような言葉だ。こちらの目的からしたらこれほど似つかわしくない言葉もないが、リカルドに合わせて弘樹もグラスを挙げる。

すっと口に含んでみると、芳醇《ほうじゅん》な味わいがした。今度はピアノの縁にグラスを置いて、リカルドが親しげな笑みを浮かべる。

「……さて。それではゆっくりと話でもしようか。何の話題がいいかな？　ありきたりだが仕事の話がいいか、それとももっと個人的な話か……」

リカルドが独りごちるように言って、それから低く続ける。

「どちらがいい、鳴瀬弘樹？」

「なっ……！」

「私に用があってこの船に乗ったのだろう？　迷っていないで、さっさとその懐の物騒なものを出したらどうだ」

全部見抜かれている――。

そう気づいて息が詰まった瞬間、バーテンダーと給仕がこちらへやってくるのが視界の端に入った。

その手には拳銃が握られている。このままでは何もできぬまま捕えられ、殺されてしまうかもしれない。

弘樹は慌ててシャンパングラスを投げ捨て、懐から拳銃を取り出した。銃口をリカルドのほうへ向けてから、近づいてくる男たちに鋭く言う。

『来るなっ。来たら撃つぞ！　銃を捨てろっ』

弘樹のイタリア語に、男たちが驚いたように目配せし合う。

リカルドが二人を制するように片手を上げてから、鷹揚な口調で言う。

「ほう、イタリア語も堪能なのか。さすがはマエストロ鳴瀬の息子だな」

「なっ、何でっ！　どうして、そんなことまでっ……！」

「私は敵が多くてね。自分が乗る船のゲストの身元くらい、事前に調べてある。偽名ごときで私を欺《あざむ》けはしないさ」

呆れたような声音にゾクリと背筋が凍る。

穏やかでエレガントな物腰からは想像もつかないけれど、やはりこの男はただの企業家ではないのだ。もしかしたら最初から弘樹が何者か分かった上で、パーティーなどと偽ってわざとここへ誘い込んだのかもしれない。

(汚い、マフィアめ……！)

余裕たっぷりな態度に苛立って、かあっと頭に血が上る。今すぐ引き金を引いてケリをつけてしまいたいと、そんな衝動に駆られる。

だがそうする前に事の真相を確かめねばならない。弘樹はリカルドをキッと見据えて言った。

「あ、あんたに、訊きたいことがあるっ。俺の質問に答えろ！」

「私に答えられることならな。何が訊きたい？」

「カルロ・フランコを殺すよう命じたのは、あんたかっ！」

「カルロ・フランコ……？　ロスで事故死した、音楽事務所の社長のことか？」

「……っ、やっぱり、カルロを知っていたんだなっ？」

「だったら何だ。何故私が殺させたなどと思う」

「あんたがマフィアだからだっ」

吐き捨てるように叫ぶと、リカルドは瞠目《どうもく》してこちらを見返してきた。

それからその顔に、どことなく凄みのある表情が浮かぶ。

「おまえ、自分が今何を言ったか分かっているのか？」

「な、に？」

「マフィアはタブーな存在だ。だからこそ『沈黙の掟《オメルタ》』に守られている。はばかりもせずそれを口に出したらどうなるか……、曲がりなりにも欧米で音楽活動をしているのなら、それが分からないほど愚《おろ》かではないだろう？」

「……！」

リカルドは自らがマフィアだと認めてもいないし、否定もしていない。

だがその言葉だけで充分だ。弘樹は怒りに震えながら両手で拳銃を握り締め、銃口をリカルドの頭に向けて言い放った。

「そうやって、殺したんだなっ？　カルロと、姉さんをっ……！」

「姉だと？」

「結婚するはずだったんだ、姉さんはっ！　カルロと幸せな家庭を築きたいって、そう言ってたんだっ！　なのに……！」

感情が高ぶって、それ以上言葉が出ない。リカルドがこちらを見つめながら、何か思い至ったように言う。

「なるほど、そうか。おまえの姉が、彼の……。だから私を殺しに来たのか？　身内を殺されたと、恨みに思って？」

「そうだっ！　あんたに復讐するために、俺はっ……！」

「言いがかりだ。私は何も命じていない」

「嘘だっ」

「何故嘘をつかねばならない。全く、誰に何を吹き込まれたのやら」

リカルドが呆れたように言って、椅子から立ち上がる。そのままゆっくりとした動作で体ごとこちらに向き直り、じっと弘樹の目を見据えてきた。

その意気に、グッと気圧《けお》されそうになる。

トリガーにかけた指を僅かに引き絞りながら後ずさって、弘樹は叫んだ。

「う、動くなっ！　本当に撃つぞっ！」

「撃てるとは思えないな。大方拳銃に触るのなどこれが初めてなのだろう？　少し頭を冷やせ、坊や」

「ぼ……！」

いきなりからかうようなことを言われ、微かな反発心を抱いたその刹那《せつな》、リカルドがさっと身を寄せてきて、拳銃を払いのけるように弘樹の手首に手刀を打ち込んできた。

拳銃を床に叩き落とされてハッとした次の瞬間、片手で腕をつかまれて後ろ手にされ、もう片方の手で頭をつかまれて、勢いよくピアノの鍵盤の上に顔を押しつけられた。

「うッ、く──────！」

ハンマーがダダーンとでたらめにピアノ線を叩く激しい音が、頭蓋骨《ずがいこつ》を伝って脳髄《のうずい》を不快に揺らす。クスクスと笑いながら弘樹の腕を締め上げて、リカルドが言う。

「どうやら形勢逆転だな、鳴瀬弘樹。おまえの質問がそれで終わりなら、今度はこちらが訊く番だ。答えろ。誰がおまえをここへ寄こした」

「……っ！　言うと思うのか、そんなことっ！」

「言わないのなら言わせるまでだ。おまえは痛みには強いほうか？」

「うあ、ぁっ」

腕をぐっと捻《ひね》り上げられて、肘《ひじ》に鋭い痛みが走る。関節が外れてしまいそうなほどの痛みに、眉を顰《ひそ》めてしまう。

（でも、話すわけには、いかない……！）

コジモのことは本当のところよく知らない。お互いに義理を尽くさねばならない関係というわけでもなかったが、彼の甥っ子にはニューヨークに戻ってから一度だけ会った。家族を奪われてしまったことをまだきちんと理解できていないようだったが、弘樹がコジモのことを話してしまって、あの子にまで危害が加えられるようなことになるのは、何としても避けなければならない。

それに――――。

（どうせもう、戻る場所もない）

リカルドの手から逃れられるとも思えないし、由香の死のショックでまともにピアノすら弾けない今の弘樹には、逃れて帰る場所もないのだ。

だったら下手にいたぶらず、さっさと殺して欲しい。

半ば自棄《やけ》気味にそう思い、弘樹は絞り出すように言った。

「痛めつけたって、俺は何も話さないぞっ。いいからさっさと殺せッ！」

「……殺せだと？　おまえは死にたいのか？」

「マフィアに銃を向けたんだ。生きて帰れるなんて、考えているものかっ」

強がるように吐き捨てると、リカルドがクッと喉で笑った。ほんの少し腕の締めつけを緩めて、嘲笑《ちょうしょう》するように言う。

「ふふ、まるでサムライだなおまえは。いや、ニンジャのほうだったか、密命を果たせなければ潔《いさぎよ》く死を選ぶというのは？　古き良き日本人のそんなロマンチシズムは嫌いじゃないが、この件に関してはあまりにも愚かしい覚悟だと言わざるを得ないな。若い命をそんなふうに粗末にしないほうがいい」

リカルドが言葉を切って、それから脅すように言う。

「それに、尋問のやり方にもいろいろある。簡単に楽にしてもらえるとでも思っているのか？」

「――――」

凄みのある言葉に、身がすくむ。復讐心からここまでやってきてはみたけれど、そういうことを現実的に考えるまではしなかった。瞬間的な恐怖に硬直してしまった弘樹に一瞥《いちべつ》をくれてから、リカルドがバーテンダーのほうを振り返る。

手振りで何か命じると、バーテンダーが頷《うなず》いて、透明な液体の入ったショットグラスを持ってこちらへやってきた。リカルドがそれを受け取ってすっと口に含み、弘樹の髪をつかんで頭をグイッと上向かせる。

何をされるのだろうと恐怖に駆られ、叫びそうになった次の瞬間――――。

（えっ……！）

いきなりリカルドが、弘樹の口唇をキスで塞《ふさ》いできた。まさかそんなことをされるとは思わなかったから、目を見開いてしまう。

「ん、んンっ、んっ……！」

もぎ離そうとしたけれど、チュッと吸いつかれて口唇を舌でこじ開けられ、味のないトロリとした液体を口腔《こうこう》に流し込まれる。ギョッとして身を捩ろうとしたら、押さえつけられたままの腕をまた捻られて、痛みでウッと呻《うめ》いた。

するとその拍子に、液体がつっと喉のほうへ流れ込んできた。

「うぅっ、ふっ！」

アルコール度数の強い酒か何かなのだろうか。喉が微かに熱くなる。

得体の知れないものを口移しで飲まされるおぞましさに、焦って吐き出そうとするけれど、顎《あご》を押さえられて口を開かされ、まるで本当にキスでもするように舌を絡められたから、上手くいかなかった。

舌を持ち上げるように舌下をまさぐられ、徐々に息まで継げなくなってきて、たまらず咽《むせ》そうになりながら空気と共に液体を飲み下すと、リカルドが口唇を離して訊いてきた。

「……飲んだな？」

「ほ、ごほっ、な、何を、飲ませ、ッ……！」

「すぐに分かる。ほら、もう効いてきたじゃないか」

「効いてきた、って……？」

訊き返そうとした途端、体から力が抜け始めた。リカルドが双眸《そうぼう》を緩めて笑う。

「せっかくこの手に落ちてきたのだ。せいぜい味わわなくてはな」

独りごちるようにそう言うリカルドの漆黒の瞳には、微かな情念のようなものが浮かんでいる。抗《あらが》うこともできぬまま、弘樹は意識を失っていた。


『俺はアメリカでジャズをやる！　もう父さんの言いなりになんかならない！』

『おまえとはもう親でも子でもない！　勘当だ！』

数年前に父と交わした会話が、弘樹の脳裏をふと横切っていく。

音楽性の違いから家族がバラバラになるなんて、話を切り出したときには思いもしなかったが、男手一つで育ててくれた父を大いに落胆させたことはよく分かった。

見返してやろうとニューヨークで孤軍奮闘する弘樹を見かねたように、由香までが父の元を離れたときには、さすがに父に悪いかなと思いもしたが、そんな弘樹にカルロは言ってくれたのだ。おまえのピアノがいつかマエストロ鳴瀬にも伝わる、自分のピアノを信じろと。

(でも、カルロはもういない。姉さんも……!)

自分を理解してくれた由香と、本当の兄のように接してくれたカルロ。彼らを失った哀しみは大きすぎた。なのにその哀しみを、父は――。

「……起きろ、弘樹。そろそろ薬は抜けたはずだ」

辛い記憶を反芻しながら、夢と現《うつつ》を行き来していた弘樹の耳に、低く艶のある声が届く。

僅かに瞼《まぶた》を開くと、目の前にリカルドが立っていた。

だがそこは先ほどのスイート客室ではなく、窓もなく薄暗い見知らぬ部屋だった。

どうやら別の場所に移動させられたらしいが、背中と尻に感じるひんやりと冷たい感触からすると、どうやら客室ですらない場所のようだ。何となしに窮屈《きゅうくつ》さを覚える体を、ゆっくりと動かそうとした途端――。

「……なっ!」

(何だっ、これ、はっ……?)

自分が全裸で、部屋の壁にもたれるように座らされていることに気づいて、絶句してしまう。

手枷《てかせ》で絡げられて頭上高く吊り上げられた両腕は、チェーンのようなもので壁に固定され、上体は何本もの革ベルトが伸びる拘束具できつく締めつけられている。両下肢はM字に開かされた形で腿と足首を繋ぐ拘束具で縛《いまし》められ、股にも細いベルトが渡されているようだ。そして恥ずかしく曝《さら》け出された弘樹自身は、双果《そうか》ごと革ひもで括《くく》り上げられていた。

全く想定外の自分の状況に、羞恥《しゅうち》よりも激しい戦慄《せんりつ》を覚えながら見上げると、リカルドは愉快そうな目をしてこちらを見下ろしてきた。

「おまえはなかなかいい体をしているな、弘樹。今日びのジャズピアニストは、アスリート並みに体を鍛《きた》えているものなのか？」

「なっ、にをっ……」

「ああ、そうか。おまえは元々クラシック奏者で、ベートーベンを得意としていたのだったな？　その大きな手と長い指は生来のものだろうが、ベートーベンを弾き込むのにはそれなりの筋力がいると、昔音楽家の知人から聞いたことがある。さもありなんといったところか」

そう言って言葉を切り、リカルドが低く続ける。

「芸術のために磨き上げられた肉体は、それ自体一つの芸術品だ。おまえは美しいよ、弘樹」

甘い声音で言われて、ゾクッと背筋が震える。

こんな短時間に身元を子細に調べ上げられていることへの恐ろしさもあるが、男である弘樹を裸に剥《む》いて恥ずかしい姿に拘束し、それを美しいなどと言い放つリカルドの性向を考えると、絶望的な気持ちになる。暴力的にいたぶられるならまだしも、男から性的な辱《はずかし》めを受ける覚悟など、まさかあるわけもない。

「こ、こんな格好にさせて、俺をどうする気だっ」

「さて、どうしてやろうかな。おまえのように気の強いタイプは嗜虐心《しぎゃくしん》をそそるから、いささか迷うところだが」

リカルドが忍び笑うように言って、こちらに近づいて目の前に屈み込んだ。

そうして傍《かたわ》らにあるトレイから、コードのついた金属製のクリップのようなものを拾い上げる。それが何だか分からず、怯えた目で顔を見返すと、リカルドはふっと笑った。

「そう怖がるな。殺される覚悟で来たのではないのか？」

リカルドが言って、身を硬くした弘樹の両の乳首にそれぞれ一つずつクリップを取り付ける。クリップのスプリングは甘く、痛みを覚えるほどの強い力ではなかったが、上体にミッシリと食い込む拘束具の革ベルトに挟まれ、図らずもツンと突き出してしまっている乳首は、クリップに深々と食《は》まれてしまった。

クリップから伸びている細いコードは、小箱状のものへと繋がっている。それを手の中でもてあそびながら、リカルドが訊いてくる。

「念のため訊いておくが、ここを弄《いじ》ってみたことはあるか？」

「あ、あるわけないだろ、そんなところっ」

「そうか。なら、感度を試してみようじゃないか」

「何、を？　ぅあ、ああっ――」

リカルドの手元の小箱は、何かのスイッチだったようだ。リカルドが指先でそれをタップした途端、クリップの金属部分に弱い電流が走って、両乳首がビリッと痺れた。

その刺激に乳頭部分がキュッと硬くなってしまったから、クリップの締まりが僅かにきつく感じるようになった。リカルドが楽しげにそれを眺めて言う。

「これだけでこんなに硬くするとは、随分と敏感だな。こうしたら、どうだ？」

「ああっ、く、ぅ、やめっ、ろ……！」

乳首にビリビリと電気を流し込んでくるクリップが、今度はぶるぶると振動し始めて、挟み込んだ乳首を妙な具合に刺激する。

まるで電気マッサージ機のような振動だ。それだけで何故だかズクンと体芯が疼《うず》くのを感じて、戸惑ってしまう。おろおろと視線を泳がせていると、そのままゆっくりと振動を強くされた。

するとすると徐々に腰の辺りにビンと妖しい痺れが走ってきて、革ひもが食い込んだ双果の下の辺りにヒクヒクとした微かな疼きを感じ始めた。

訳の分からない体の反応に、混乱が湧き上がる。

（何だ、これっ？　一体、どうして……？）

弘樹はごく一般的な性指向の持ち主で、今まで性交した相手も女性だけだ。戯《たわむ》れ程度に乳首に触れられたことはあったが、正直くすぐったいだけで特に気持ちよくもなかった。

なのに今、はしたなく縛られておかしな道具で乳首を弄られ、どうしてだか下腹部がざわざわとしている。それを誤魔化すように口唇を噛んだら、リカルドがまるで察したかのように、振動を更に強めてきた。

「つあぁ、やめっ、やめ、ろっ！」

ヴヴヴヴ、と胸骨にまで響きそうなほどの強い振動を与えられて、鬱血《うっけつ》した乳首がジンジンと脈打つ。乳頭は強い刺激を受けてますます硬くなり、下腹部の疼きもどんどん大きくなっていく。

もう、どうにも否定しようがなかった。乳首を刺激されて、弘樹は感じてしまっているようだった。

（何で、どうして、こんなっ……）

自分の体なのに、自分ではないような感覚。コントロールの利かない状態に焦りを覚え、弘樹はたまらず首を振った。

「も、やめて、くれ、こんなっ……、は、あぁっ」

強く拒絶を放った瞬間、不意にリカルドに双果を撫でられて、ため息のような声が洩《も》れる。

革ひもで括られて表面の柔皮が張っているせいか、そこはひどく敏感になっている。

だがそこに触れられて図らずも覚えた快感と、先ほどから続く下腹部の疼きとは、どうやらまた別物のようだ。

腹の底に広がるジクジクとした感覚に耐えかね、知らず腰をくねらせてしまうと、リカルドが潜めた声で言った。

「随分と感じているようだな、弘樹。胸と、腹の中とで」

「そ、んな、ことっ」

「否定しても意味はないぞ？　ほら、ここも勃《た》ってきた。思ったよりも快感に素直なのだな、おまえの体は？」

「……ひっ」

革ひもの端をくいっと引っ張られて、悲鳴に似た声が洩れる。

電流と振動とで乳首を刺激されているだけなのに、弘樹の欲望は頭をもたげ始めているようだ。幹が太くなったせいか、縛めの革ひもがぐいぐいと根元に食い込み、その刺激が更に欲望を昂《たか》ぶらせる。

触れられもせぬままに、弘樹自身ははちきれんばかりに育ってしまった。

（い、嫌だっ、こんな、の……！）

憎むべき男に捕らわれて辱められ、訳も分からず感じさせられている羞恥に、こめかみが熱くなる。こんなことをされるなんて、まさか想像もしていなかった。

屈辱に打ち震えている弘樹に、リカルドが低く訊いてくる。

「さて、それでは尋問の続きをしようか。おまえをここへ寄こしたのは誰だ、弘樹」

「……だ、誰でもないっ、俺自身の意思だっ」

「そうか？　だが、おまえは私をマフィアだと言った。思い込みだけでそんなふうに言うなんて、妄想にしても現実離れしすぎている。誰かにそう吹き込まれたとしか考えられないがな」

「ち、違っ、俺は誰にも、何もっ……、ああっ、んん、や、触、るなっ」

ビンビンに勃ち上がった欲望を指先でやわやわと撫でられて、不快に思いながらも甘い声が洩れる。指を揃《そろ》えて握られ、軽く上下に扱《しご》かれると、根元をきつく縛められているにもかかわらず切っ先からは透明液が滲んできた。

嘲《あざけ》るように、リカルドが言う。

「少し触れただけで濡らすとは、おまえは案外淫らなんだな。それとももしかして、かなり溜めていたのかな？　どうやらおまえには、長いこと恋人もいないようだしな」

リカルドが言って、クスリと笑う。そんなことまで調べられているなんて信じられない。

からかうような口調で、リカルドが言う。

「私の質問に答えたら、達《い》かせてやってもいいぞ？　素直になった褒美《ほうび》として、たっぷりとな」

「なっ、だ、誰がそんなこと！」

「こんなに涙を流しているくせに、強がりだな。私なら極上の快楽を与えてやれるのに。おまえがまだ知らないであろう、凄絶なまでの快楽を」

「うあ、あ、ああ」

欲望の幹を扱くスピードを上げられて、上体がグッとのけぞる。クリップの振動と前を弄られる刺激とで体が躍《おど》り、腕を吊り上げるチェーンが壁に当たってガチャガチャと鳴る。

だが、こんなことで屈したくはない。劣情をこらえてリカルドをキッと睨《にら》み据えると、リカルドはクスクスと笑った。

「いい顔をするな、弘樹。啼《な》かせがいがあるというものだ」

リカルドが嗜虐的な声音で言って、欲望からすっと手を離し、また先ほどの傍らのトレイに視線を落とす。

ニヤリと微笑んで取り出したのはシリンダー状の容器で、その先端には細い注入口のようなものがついている。巨大な注射器のようなその形状と、中にたっぷりと仕込まれた淡いピンク色の液体とに、戦慄してしまう。それが何だかは分からないけれど、そんなものを体に入れられるなんて、これほど恥辱的《ちじょくてき》なことはない。

「や、嫌だっ、そんな、やめてくれッ……！」

首を振り、身を捩って逃れようとしたけれど、リカルドはためらいもせず弘樹の下肢を押さえつけ、腰を上向かせてシリンダーの先端を後孔に繋いできた。

そのままシリンダーの後ろの部分をぐっと押して、中身を弘樹の体内に注ぎ込んでくる。

「は、う、ぅっ、やっ、嫌、だっ、やめ、っ……！」

ひんやりと冷たい液体はゼリーのようにトロトロとしていて、弘樹の内腔の奥深くにまで浸入してくる。

おぞましい感触に吐き気を覚えていると、リカルドは液体を全て注ぎ込んでから先端部を引き抜き、中身がこぼれぬよう指で押さえながら、トレイからまた別の物を拾い上げた。

表面はつるりとしたなめらかな質感だが、ひと目でそれと分かるあからさまな形状。

バイブレーターだ。

「やっ、よ、よせっ、そんなもの、入るわけっ」

「これは細身だから、馴らさなくてもゼリーだけで入る。痛みもさしてないだろう。もっとも中での稼働領域は、これの倍はあるがな」

「くうぅ、痛、つっ、ああ、あッ――――」

冷たい先端を繋がれ、苦痛に呻いてしまう。グッと体内に沈められたら、繋がれた部分からやや温くなったゼリーが流れ出して、尻を不快に濡らした。

異物感に苛まれ、ゾクゾクと身を震わせていると、リカルドがバイブレーターの底部を握ったまま、カチリとスイッチを入れてきた。

「ひあ、あああぁっ……！」

ウィンウィンと低いモーター音を立てながら、バイブレーターがゼリーを施された内腔の中でうねうねと回転する。

内壁を擦り立てるその動きは、まるで蛇が身をくねらせているかのようだ。気持ちの悪さに胃の辺りがぐうっと締めつけられる。

リカルドがバイブレーターの底を動かして、確かめるように訊いてくる。

「どの辺りかな、おまえの弱みは？」

「つ、にを、言っ、てっ」

「あまり奥ではなさそうだな。この辺りかな？」

「な、っ……？　ひう、ああ、あ、あっ！」

リカルドが中を探るようにバイブレーターの角度を変えた途端、突然信じられないくらい強い快感が腹の底から湧き上がってきて、ビクンと体が跳ねた。

何が起こったのか分からず、顔を凝視すると、リカルドは口の端に笑みを浮かべてこちらを見返した。

「いい場所に当たったようだな。気持ちがいいだろう？」

「や、そ、なっ、や、めっ――――、あうッ、ひううぅっ！」

ひどく感じる場所に当たるよう角度を維持したまま、リカルドが弘樹の股に渡してある革ベルトにバイブレーターを挟み込むようにして固定する。そうして乳首を刺激するクリップの振動も更に強くされたから、もうまともな思考すらもできないほどに感じさせられ、一瞬気を失いそうになった。

意識を確かに保とうと頭を振り、腹圧で押し出そうとしてみるけれど、バイブレーター

はしっかりと固定されていてびくともしない。際限のない責め苦を逃れようと身を捩れば、上体を締めつける拘束ベルトが汗ばんだ肌にグッと食い込んできて、呼吸までもが苦しくなる。身動き一つできぬまま一方的に中を掻《か》き回され、欲望を昂ぶらされる恥辱に、まなじりが濡れてしまいそうになる。

（こんなの、嫌だっ）

体を辱めて男としての矜持《きょうじ》を奪い、思い通りにする――。

きっとそれがこの男の、マフィアの、やり方なのだろう。

屈辱的な行為に怒りを覚えるけれど、悶絶《もんぜつ》する弘樹を見つめるリカルドの目は、まるで情人でも眺めているかのように甘く穏やかだ。あからさまにサディスティックな欲望を見せているわけではない分、底冷えがするような恐ろしさを感じる。

「少しは話す気になったかな、弘樹？」

「く、ぅっ、なる、かっ」

「強情だな。だがそれもいつまで保つかな？　そろそろ腹が苦しくなってきただろう？」

「はあ、よせっ」

双果ごと欲望を縛める革ひもをピンと引っ張られて、腹の底にキリキリと痛みが走った。弘樹自身にはもう触れられていないのに、徐々に射精感が募っているのが分かる。体の中にこんなにも敏感な場所があって、それを内と外から刺激されるだけでこんなふうになるなんて、思ってもみなかった。

だが、幹を革ひもで縛られて放置されている今の状態のままでは、恐らく達することはできないだろう。リカルドの質問に答えなければ、このまま達くに達けぬ状態で延々体を嬲《なぶ》られ続けることになるのでは――。

恐ろしい予感にゾクリとした途端、リカルドがバイブレーターのスイッチに触れてきた。

「うあ、あああっ！」

中を苛む動きが先ほどよりも大きくなり、開口部からゼリーが掻き混ぜられるぬちゅぬちゅとした音が立ち始めた。感じる場所をうねうねとまさぐられて、射精感がいよいよ耐えがたいほどにせり上がってくる。

(苦しいっ、もう、達きたい……！)

このまま達けないなんて、男として これ以上の拷問《ごうもん》はない。体内で少しでも悦を拾いたくて、知らず腿と尻とに力を入れてバイブレーターをキュウっと締めつけると、リカルドが意地の悪い声で言った。

「それでいい。堕ちてしまえ弘樹。もう楽になりたいだろう？」

「う、ううつ、っ、なことっ」

「まだ抵抗するか。何とも頑《かたく》ななことだな。だが、このまま前を縛めた状態で放っておけば、おまえはこの先子をなすこともできなくなるかもしれない。復讐とやらを果たせずに終わるよりも、そのほうがずっと哀しいことではないか？」

リカルドが言って、穏やかに続ける。

「マエストロ鳴瀬にとっても、おまえは唯一の血縁者なのだろう？　娘を亡くしただけでなく更にそんな事態になれば、その心痛はいかばかりだろうな？」

「う、るさいっ、勝手な想像で、物を、言うなッ……！」

父のことを持ち出されて、自分でも思ってもみなかったような反発心が湧いてくる。

その強い反応が意外だったのか、リカルドが訝《いぶか》しげな顔をする。

「……ほう、これは。何かまた別の弱みを突いたようだな？　ひょっとして、マエストロと何か確執《かくしつ》でもあるのか？」

「そ、そんなのっ、あんたに関係ないだろっ！」

「それを判断するのはおまえでなく私だ。もしかしたら、おまえに復讐をそそのかしたのは彼かもしれないしな？」

「な、何を言っててっ？」

父を疑われるなんて、まさか思いもしなかった。大きく首を振って、弘樹は言った。

「違う、父じゃないっ、父は俺にそんなことをそそのかしてはいないっ！　頼むから、父を疑うのはやめてくれっ！」

「ほう？　確執があるのかと思えば、今度は必死でかばうか。なかなか複雑な親子関係なのだな。もしかして、それがおまえを惑わせている原因なのかな？」

リカルドが思案げに言って、それから冷たく微笑む。

「だが、今はそんなことはどうでもいい。おまえの気持ちがどうであれ、マエストロ鳴瀬が私をマフィアだと思っているのなら、私は――――」

「父じゃない、信じてくれ！　俺にあんたのことを話したのは、シチリア訛りのイタリア語を話す、イタリア人の男だっ！」

言ってしまってから、しまったと思い口をつぐんだ。

決して話すまいと思っていたのに、うっかりしゃべってしまうなんて。

だがリカルドは、嘲るような顔をしただけだった。

「それはまた……。いかにも取ってつけたような答えだな。私にそれを信じろというのか？　親をかばいたい気持ちは、まあ分からないでもないが」

「違うっ、かばってなんかいない！　本当に父は関係ないんだっ！　あんたのことも知らないだろうし、マフィアだなんて疑ってもいないはずだっ！　頼む、信じてくれっ」

どうしてコジモのことを話してしまったのだろうと自分に腹が立つけれど、父に危害が及ぶなんて考えただけで恐ろしい。大切な姉の由香を失い、この上父まで失ったらと思うと、この身を切り刻まれるような恐怖を覚える。

弘樹はためらいながらも、呻くように言った。

「……コジモ、と……、イタリア人の男は、俺にそう名乗った。カルロの友人だとも……。あんたに家族を殺されたって、そう言って泣いてた。でも、それ以上はっ……！」

父親を守るために、コジモを売った。

そう思うと自分がひどく汚く思えて、まなじりが濡れてしまう。

それでもせめて、彼の甥は守りたかった。それきり口をつぐみ、すすり泣き始めた弘樹を見て、リカルドが小さくため息をつく。

「……なるほどな。それだけ分かれば充分だ。大方の察しはついたよ」

そう言うリカルドの声に、感情の色はない。けれどその顔には、何か思い至ったと言いたげな表情が浮かんでいる。弘樹の言葉だけで、リカルドには何もかも分かったのだろうか。

罪を自白した犯罪者のような気分でその顔を見つめていると、リカルドがクリップとバイブレーターのスイッチを止め、クリップを一つずつ丁寧に胸から外した。

それから欲望を双果ごと縛めていた革ひもを解き、腕を吊り上げるチェーンと手枷とのジョイントを外してくる。上体を支える力などすでになくなっていた弘樹は、しどけない格好で床に崩れ落ちてしまった。

「ん、ぁっ……」

尻からバイブレーターを引き抜かれ、苛まれた秘所がヒクヒクと蠢動《しゅんどう》する。

責め苦は終わったけれど、淫靡《いんび》な道具で強制的に昂ぶらされた体は、まだ熱く滾《たぎ》っているようだ。せめて一度でいいから抜いて欲しかったと、そんな浅ましい思いに捕らわれたけれど、尋問が終わった今、そんなことは望むべくもないだろう。だらしなく緩んだ後孔から流れ出るゼリーの感触にすら、たまらなく劣情を煽られるが、たぶん弘樹はこのまま殺されるのだ。

だったら、せめて苦しませずに殺して欲しい――――。

半ば感情が麻痺《まひ》した頭でそんなことを思っていると、リカルドが不意に、弘樹の体をくるりと返してきた。腿と足首とを拘束具で繋がれたままだったから、尻を突き出したような体勢になってしまう。

手枷をされたままの腕でどうにか上体を支えようともがいていると、リカルドが背後で衣服を緩める気配があった。そのままゼリーで濡れた弘樹の尻たぶを両手でつかんで、低く命じてくる。

「体の力を抜け、弘樹」

「……ぇ……？」

「尋問は終わりだ。約束通り褒美をやる」

「な、にを、言って……？　ひぃっ、はあ、ああぁっ――――」

後孔に硬いものを繋がれ、そのままズブリと中まで刺し貫かれて、かすれた声で絶叫した。

息をのむほどのボリューム。そして粘膜を溶かされそうなほどの熱さ。

後ろにリカルドの雄《おす》を咥え込まされたのだと気づいて、体がガタガタと震える。

拒絶の言葉を発しようとしても、腹の中一杯にリカルドの質量を感じて、まともに声も出せない。ふっと一つ息を吐いて、リカルドが忍び笑う。

「……ふふ、さすがにきついな。だが中は思ったよりもずっと柔らかく熟《う》れている。私を柔軟に受け入れて、ピタピタと吸いついてくるようだ……」

リカルドが微かに愉悦の混じる声で言って、両手で弘樹の腰を支えるように抱える。

「動くぞ、弘樹。力を抜いていろ」

「や……、待っ――――、くぅうっ、ああっ、はあぁッ」

ゆらりと腰を使われ、肉棒を後ろに抜き差しされて、切れ切れに悲鳴を上げてしまう。ゼリーを施されてバイブレーターで開かれていたから、さして痛みなどはなかったけれど、中を雄で掻き回すように擦り立てられて、甘苦しさとおぞましさとで息が止まりそうになる。

内奥に残っていたゼリーが深い抽挿の都度じゅぷじゅぷと溢《あふ》れ出し、泡状になって内股を伝い落ちていく感触に、男に体を犯されている現実をまざまざと実感させられて、気が変になりそうだ。

だが———。

「あぅ、んっ、んふっ、うぅ……！」

内腔がリカルドの大きさに馴染み、そのリズミカルな動きに慣れてくるのに従い、何故だか弘樹の声が甘く潤み始めた。熱杭が内筒を抜けていくたび息が震え、嵌《は》め戻されるたび背筋に痺れが走って、知らず腰が揺れる。

先ほどとは違い、もう縛められてはいない弘樹の欲望の先端からは、透明な蜜液が溢れるように滴《したた》り落ちてきた。

リカルドがそれに気づいてクスクスと笑う。

「ふふ、本当に淫らな体だな、弘樹。初めてなのだろうに、もうこんなにして……。私のこれが、そんなにもいいか?」

「ん、ンッ、ち、がっ!」

「何が違う? はしたなく感じているのだろう、ここで?」

「あふっ、や、そこ、やああっ」

バイブレーターを押し当てられてひどく感じさせられた場所を、今度はリカルドの切っ先で抉られ、全身が総毛立つような快感に裏返った嬌声《きょうせい》が洩れる。

淫らで濡れた声。これが自分の声だとは信じられない。拘束されてレイプされているのに、声を出してよがってしまうなんて、己《おのれ》の下劣さに泣けてくる。

けれどリカルドにそこを何度も擦られたら、先ほど感じていた強い射精感が一気に戻ってきた。前には全く触れられていないのに、下腹部がざわざわと震え出す。

リカルドが促すように言う。

「いいぞ、達け。私を感じて、中で達くんだ」

「……ひぃ、ああ、ぁっ――――!」

二度、三度と鋭く弱みを突き上げられ、ズンと最奥を貫かれた瞬間、弘樹の背筋を壮絶な快感が駆け上った。内壁はキュウキュウと収縮して、リカルド自身を強く締めつける。

前からはどっと白蜜が溢れ、ぼたぼたと床に飛び散った。

その量の多さに、思わず目を見開く。

（達かされ、たっ……？）

男に後ろを犯されて、浅ましくも射精した。

その事実に頭が真っ白になる。まさかこんなふうになってしまうなんて――。

「ああっ！　ん、ん、やっ、待、て、待って、くれ……！」

信じられない事態を受け入れられないでいるうちに、体内の雄がまたそろりと動き始めたから、驚いてふるふると首を振った。

達したせいなのか、中は信じられないほど敏感になっていて、ほんの少し雄で擦られただけで悲鳴を上げそうなほどに感じる。これ以上されたら頭がおかしくなりそうだ。

「リ、カルドっ、も、無、理だっ」

「一度きりでは足りないだろう？　もっと達かせてやる。褒美は素直に受け取るものだ」

「う、ぅっ、や、めてっ、も、やっ、い、やだっ……！」

激しく拒絶するけれど、リカルドは動きを止めはしなかった。先ほどよりも勢いを増した律動に、もう声も発せない。淫らに喘《あえ》ぐばかりの弘樹に、リカルドが囁《ささや》くように言う。

『弘樹、何も考えなくていい。今は全て忘れて、快楽に溺れていろ』

リカルドのイタリア語は、もう意味のある言語として耳に届いてはこなかった。

弘樹はただ揺さぶられ、感じさせられていた。


『起きろ、鳴瀬弘樹。急いで身支度をするんだ』

どんよりとした意識の底に聞こえてきたイタリア語に、重い瞼を微かに開く。

首を動かして声のしたほうを見ると、そこにはグランドスイート客室でバーテンダーの格好をしていた男が立っている。その手に拳銃と手枷を持っていたから、思わず目を見開くと、男は事務的な声で告げた。

『オーナーがプライベートデッキでお待ちだ。さっさと着替えろ』

「オーナー？　プライベート、デッキ……？」

一瞬何がどうなっているのか分からず、訊き返してしまう。

だが男は答えず、部屋のドアの辺りに立って黙ってこちらに銃を向けている。

弘樹が支度をするのを待っているようだ。訳も分からぬまま、体を起こそうとすると
――――。

（うわ……）

自分が柔らかいベッドの上で全裸で眠っていたことに気づいて、慌てて寝具を引き寄せ

る。恐る恐る体を見てみると、上半身と腿、それに足首に、拘束ベルトの痕がうっすら残っている。

だが体液やゼリーで汚れたはずの肌はさっぱりと清潔な状態で、微かにボディーローションの香りもする。リカルドが清めてくれたのだろうか。

「……っっ……」

動こうとした途端、腰と体内に走った甘苦しい疼痛《とうつう》に、昨晩の狂態を思い出す。

リカルドに執拗《しつよう》に攻め立てられて、弘樹はあのあとも数えきれないくらい達かされた。何度も気を失い、そのたびに愉楽の淵《ふち》に引き戻されて、意地もプライドも粉々になるまで散々淫らに啼かされたのだ。もしかしてこうやって死ぬまで犯し続けるつもりなのかと、かなりの恐怖を覚えたけれど。

(でも、あの男は俺を殺さなかった)

それどころか丁寧に体を清め、ベッドに寝かせた。こちらは本気で殺しに行ったのに、結局体よくもてあそばれたように感じて、羞恥と怒りにこめかみが熱くなる。

まさかリカルドは、このまま何事もなかったように航海を続けるつもりなのだろうか。弘樹をどうするつもりなのだろう。

疑問を抱きながらも、このままでいるわけにもいかないと思い、弘樹はベッドの傍らに畳んで置かれていた衣服を身につけた。

のろのろとドアのほうへ行くと、男が弘樹に手枷を嵌めて、ドアを開けた。

部屋を出てみると、そこには例のグランドピアノがある。弘樹が寝ていたのは、リカルドのスイートの続き部屋だったようだ。男は何も言わぬまま、部屋の反対側にあるソファの向こうへ歩いていく。

昨日はそれどころではなかったから気づかなかったが、そこには内階段があって、その先にはガラスのドアがある。男に上がるよう手で促されたから、先に立って階段を上り、ドアを開けてみると——。

(外……?)

眩しい陽光と爽やかな朝の風。

グランドスイート客室のプライベートデッキからは、抜ける青空とどこまでも続く水平線が見渡せる。船は陸地を遠く離れ、大西洋を航行しているようだ。そのスケール感に、ただただ圧倒される。窓のない薄暗い部屋で凌辱の限りを尽くされていた昨晩とのギャップに、クラクラとめまいを覚える。

「おはよう、弘樹。よく眠っていたな」

「……リカルド」

「ここへかけろ。一緒に朝食を摂ろうじゃないか」

リカルドが鷹揚に言って、自身が腰かけているテーブル席の向かいにつくよう誘う。真っ白なクロスのかかった丸テーブルの上には、卵料理やハム、フルーツやサラダなどが並んでいる。パンかごに入ったふっくらと美味しそうなパンを見ていたら、ひどく空腹であることに気づいた。

しかし、正直リカルドと仲良く朝食を食べたい気分ではない。部下の男に手枷を外され、椅子に座らされても、弘樹は黙ったままリカルドを睨みつけていた。

「ふふ、またそんな顔をして。昨日苛めすぎたことを怒っているのか？　だが、おまえも苦痛ばかりを覚えていたわけではないだろう？」

含みのある言い方に、頬が熱くなる。

確かに恥ずかしいほど感じ尽くして、何度も気をやりはしたけれど、決して自らの意思でした行為ではなかった。苛立ちのままにふいっと顔を背けると、リカルドはクッと喉で笑った。

「やれやれ、素直じゃないな。だがまあいい。昨晩のおまえの乱れぶりを思い返すより先に、こちらを片づけるとしよう」

リカルドが言って、スーツジャケットの胸元から一枚の写真を取り出す。

こちらに寄こしてきたその写真に写っていたのが、例のコジモという男だったから、ギョッとする。

「見覚えがあるな？」

「……い、いやっ、そんな、ことは！」

「そうか？　まあ今更しつこく訊きはしないが……、そこまで義理立てするほどの男ではないと思うぞ？」

リカルドが呆れたように言って、写真を引き揚げる。

「昨日も言ったが、私は敵が多くてな。私の命を狙う者も多い。それはアメリカにいても、ヨーロッパにいてもだ。そしてそのうちの何人かは、プロの殺し屋は雇わず素人《しろうと》を使う。ちょうどおまえのような、殺しとは無縁のズブの素人をな」

「……な、に……？」

「彼らは使えそうな人間を嗅《か》ぎつけては、私を復讐相手だと信じ込ませて送り込んでくる。例えば、親族の死の真相が知りたくてむやみにリトルイタリーをうろついている日本人。そんな人間などは、格好の標的だろうな」

「……！」

「恐らく連中は、数を打てばいつか成功するという程度に思っているのだろう。こうしたことは初めてではないし、大抵の場合は私の元まで来る前に、警察や私の部下の手で阻止される。計画や行動が稚拙《ちせつ》で、事前に露見《ろけん》しやすいからだ」

リカルドが言って、薄く笑う。

「だが今回は、この船のバージンクルーズという、ギリギリまで人の出入りがつかみづらい状況と、閉ざされた洋上という特殊な環境ゆえに、そうならなかった。騙《だま》されて私の元までやってきた素人の殺し屋は、久しぶりだよ」

(騙されて、いたんだ……！)

そう聞かされて、悔しい気持ちになる。人の気持ちを利用してこんなことをさせるなんて、何て卑劣なやり方だろう。

だがこうなってみると、呆気《あっけ》なく騙された自分にも腹が立つ。少し冷静になって考えたら、こんなのはおかしいと気づきそうなものだ。まともな判断もつかないほど、自分は絶望していたのだろうか。それとも何か、別の要因が——？

考えている弘樹を、リカルドが静かに見つめて言う。

「もう一度言っておくが、私はカルロ・フランコとおまえの姉の事故死については何も関係していない。その件を知っていたのは、船のショーへの出演アーティストをブッキングしていた部下から、たまたま聞いていたからだ。どうしても信じられないというのなら、事故についてもう一度ロス警察に調べ直させてもいい。私自身の身の潔白を証明するためにもな」

リカルドの言葉に、首を傾げてしまう。いくらマフィアだからと言って、そんなことができるとは思えない。皮肉を込めた口調で、弘樹は言った。

「……本当にそんなことができるのなら、ぜひしてみせて欲しいところだが、できるとは思えないな。それに俺は、あんたを信用できない」

「信用するかどうかはおまえの勝手だ。でも少なくとも、あのコジモというチンピラの話よりは、信憑性《しんぴょうせい》があると思わないか？」

どうなのだろう。正直なところ、もうよく分からない。

ただ一つだけ確かにいえるのは、コジモのような男に軽く騙されて捨て駒《ごま》同然の暗殺者としてここへやってきた自分は、とことん愚か者だということだけだ。結局のところ自分は、ピアノ以外は何もできないただの音楽バカなのかもしれない。そして今はそのピアノすらまともに弾けないのだから、自分の存在価値などないような気がしてくる。

捨て鉢な気分で、弘樹は訊いた。

「……何故、俺を殺さなかったんだ」

「何？」

「俺はあんたを殺そうとしたんだぞ？　なのに、あんなふうに俺を辱めただけで殺さなかったのは、どうしてなんだ」

そう訊いたけれど、リカルドは答えない。弘樹は苛立ち、激昂《げっこう》して言った。

「あんたはマフィアなんだろっ？　秘密を知った人間は容赦なく殺すんじゃないのか！　もういいから、さっさと俺を殺せよっ。海にでも放り込んだらすぐじゃないかっ！」

「……やれやれ、参るな。私はそんなにも非道な人間だと思われているのか？」

リカルドが苦笑しながら言う。

それから何やら悪戯《いたずら》っぽい目で、こちらを見つめて告げる。

「仕方ないな。それなら、ちょっと手を出してみろ弘樹」

「手？　どうしてだ」

「おまえの手が見たいんだ。私に見せてくれ」

突然、何を言うのだろう。よく分からなかったが、こちらを見るリカルドの目が期待に満ちていたから、何となく言われるまま右手を差し出す。

するとリカルドが、うっとりとその手を見つめてきた。

「本当に大きな手だな。長くて綺麗な指をしていて、皮膚には張りがある……。ピアニストの、美しい手だ」

そう言って、リカルドが片手でこちらの手首をつかんで引く。

手の大きさからいえば、リカルドとそう変わりはしない気もするが、指が長いというのは確かに子供のころから言われてきた。

でもこんなふうに熱っぽい目で眺められたのは初めてで、少し戸惑う。

一体何なのだろうと内心訝っていると、リカルドは弘樹の手の甲や指先をじっくりと眺めてから、その手をテーブルクロスの上に置いて、ぐっと手首を押さえてきた。

どうしたのだろうと顔を見つめると、リカルドがおもむろにデザートナイフを拾い上げた。

それをすっと逆手に持ち替え、そのままその手を大きく振り上げて弘樹の手に狙いをつけるようにしたから、ゾッとしてしまう。

「やっ、やめろ、やめろっ――――！」

ピアノを弾く大事な手をそんな鈍《にぶ》いナイフで刺されたら、どれだけの深手を負うか分からない。

とっさに引っ込めようとしたが、強く押さえつけられていてできない。慌てて身を乗り出し、体で手をかばった瞬間、リカルドの振り下ろしたナイフが頭のすぐ脇にドッと音を立てて刺さった。

深々とクロスごとテーブルを抉る、銀のナイフ。手に刺さっていたらと思うと血の気が引く。弘樹は憤慨《ふんがい》して叫んだ。

「何をするんだ、あんたはッ！」

顔を上げてリカルドをキッと睨むと、その顔にはからかうような笑みが浮かんでいた。

「どうした、弘樹。何を怒っている？　おまえは死にたいのだろう？」

「なっ？」

「何故今更、その手をかばうのだ。どうせ死ぬのなら、何をしようが同じはずだが？」

リカルドが言って、テーブルからナイフを引き抜く。

「そう思えないのなら、おまえにとってその手は命よりも大切だということだ。もう一度だけ言う。命を粗末にするな」

噛んで含めるような口調でそう言って、リカルドが押さえていた弘樹の手を放す。

そのままナイフを手元に置き、平然とフルーツジュースを口にしたから、呆気に取られてしまう。手を傷つけられることへの恐怖で、こちらの心拍数は限界まで跳ね上がったままだというのに。

(俺を殺す気は、ないってことなのか？)

そう思い至って、混乱してしまう。一体この男は何を考えているのだろう。

もう訳が分からないけれど、当然殺されるものだと思っていたから、何だかふっと気が抜けてしまう。手を傷つけられることへの恐怖が和らぎ、彼が自分を殺す気はないと分かって図らずも浮かんできたのは、深い安堵感《あんどかん》だ。

殺されても構わないと思っていたはずなのに、自分にはまだまだ未練があったのだと、そう気づかされる。

生きること。そして何より、ピアノを弾くことへの未練が。

「さてと。ではおまえの質問に答えようか。おまえを殺さなかったのは何故か、それが知りたいのだったか？」

リカルドがクスリと笑いながら言って、軽い口調で続ける。

「単純だ。私がおまえを気に入ったからだ」

「俺を？」

「おまえの体は最高によかった。あんなにセックスにのめり込んだのも久しぶりだ。だから弘樹。このクルーズの間、私の愛人になれ」

「な、何を言ってる！　ふざけるなッ！」

一方的に辱めてレイプしたくせにと、腹が立って叫んだけれど、リカルドは鷹揚に微笑んで更に続けた。

「ふざけてなどいない。芸術家はときにパトロンのセックスの相手をする。それと同じことだ。おまえには体で奉仕してもらうさ。ベッドと、ピアノとでな」

「……ピアノ……？」

「当然だ。『働かざる者食うべからず』ということわざもあるだろう？」

全く予想していなかった言葉に、驚かされる。リカルドが意味ありげに微笑んで、軽く顎をしゃくる。

「ついてこい、弘樹」

短く言って、リカルドが席を立つ。

プライベートデッキから室内へと戻り、階段を下りていくリカルドに、幾分戸惑いながらついていくと、リカルドは例のグランドピアノのほうへと弘樹を導いた。椅子に座るよう促しながら、リカルドが訊いてくる。

「この会社のピアノは、おまえには懐かしいのではないか？」

「……そんなことまで知っているのか。どれだけ俺のことを調べた？」

「最初から、いくらかは知っていたさ。マンハッタンにもクラブやホールを持っているからな。おまえは『ムーンライト』にも出演しているだろう？」

ジャズクラブ『ムーンライト』は、ダウンタウンのグリニッジビレッジにある歴史の古い店だ。本来であれば弘樹程度のキャリアの浅いピアニストが簡単に出演できるような店ではないのだが、カルロが何とかブッキングしてくれて、何度か出演している。

「新進気鋭のジャズピアニスト、鳴瀬弘樹。まだ年若いが、クラシックの素養を活かしたエレガントでかつ奥行きのある演奏が身上《しんじょう》で、即興演奏やアンサンブルにも長《た》けたマルチプレイヤー。まさかこんな形で直接会うことになるとは、思ってもみなかったが……」

リカルドが言って、あいまいな笑みを浮かべながら続ける。

「まあ、おまえとはそういう運命なのだろうな。さあ弘樹。試しに何か弾いてみろ」

「何かって、いきなり言われても」

「スタンダードナンバーで構わないさ。まずはカジノにある小さなラウンジででも、軽く弾いてもらうつもりだからな」

「ラウンジ……？　って、ちょっと、待ってくれ！　俺はまだ弾くとは言ってない！　姉さんが死んで以来、俺はまともにピアノが弾けないんだ！」

「選択の余地などないと何故分からない。おまえはこの私を殺そうとしたのだぞ？　マフィアの一族である、私をな」

自分がマフィアであると自ら認めたリカルドの発言に、目を見開く。

リカルドがそれに気づいたように、露悪的《ろあくてき》な表情を見せて笑う。

「……そういえば、昨晩調べさせたのだが、カルロ・フランコは大家族だそうだな？　母に、弟妹に、従弟たちに、叔父叔母。それぞれの誕生パーティーはリストランテ『チェリーノ』で開くのが慣習だとか。二番目の妹にはもうすぐ第一子が生まれる予定で――」

リカルドの口からよどみなく紡《つむ》ぎ出される言葉は、全て間違いのない事実だ。その情報の細かさに冷や汗が出てくる。弘樹が素直に言うことを聞かなければ、間違いなく彼らの生活の安全が脅かされることだろう。弘樹はカッとなって叫んだ。

「ひ、卑怯だぞ、リカルドッ！　よくもそんな脅しをっ……！」

「卑怯で結構。私はマフィアだと、何度言わせる？」

リカルドが言って、悪辣《あくらつ》な口調で続ける。

「だが、どうしても言う通りにできないというのなら仕方ない。この代償は彼らに払ってもらうしかないな。男と違って女はいつでも金になる。まずは妹を……」

「やっ、やめろ！　そんなことはやめてくれっ！」

弘樹は慌てて言って、すがるように続けた。

「もう、分かったからっ。あんたの言う通りにするから！　セックスでもピアノでも、何でもあんたの望むことをするっ。だから、カルロの家族にだけはっ……！」

「ふふ、ようやく己が立場をわきまえたか。では素直に命令に従ってもらおう」

そう言ってリカルドが、傲慢《ごうまん》な目つきでこちらを見つめる。

「まずはピアノからだ。曲は、そうだな……」

「俺が決める！　曲くらい、好きに選ばせてくれっ」

もうほとんど破れかぶれになりながら、そう言って椅子にかけると、リカルドは笑いをこらえているような顔をした。人を思い通りに動かすのがそんなに楽しいのだろうか。

（クソッ……！）

まさかこんなことになってしまうとは思ってもみなかった。ピアノはともかくセックスの相手をしろだなんて、男として、ある意味殺されるよりもひどい状態に陥《おちい》ってしまったような気がする。

腹立たしい気持ちでピアノを開く弘樹に、リカルドがたしなめるように言う。

「そう苛立つな、弘樹。おまえはプロのピアニストだ。この先ピアノで身を立てたいと思うなら、これもビジネスだと思え」

（何をもっともらしいことをっ！）

そう言ってやりたかったけれど、もうこれ以上やり合う気力もなかったから、ぐっと言葉をのみ込んでピアノに向かう。

弾き慣れたいくつかの楽曲を頭の中に思い浮かべてから、弘樹はピアノを弾き始めた。

その夜から、弘樹は船の中にいくつかある比較的小さなラウンジでピアノを奏《かな》でるようになった。

由香の死以来ほとんどピアノに触れていなかったから、最初はきちんと演奏できるのか不安だったが、ジャズクラブやホールで演奏するのとは違い、誰もが知っている有名な楽曲をシンプルなアレンジで弾いて、航海のひとときに花を添えるだけでよかったから、プロとして最低限人に聴かせられる程度には弾きこなすことができた。

そうして一週間ほどが過ぎたところだけれど――。

『……ロレンツォか？　どうした、こんな時間に？』

低く甘い艶のあるリカルドのイタリア語が、弘樹の背中に落ちてくる。

電話の相手に聞こえぬよう、声をこらえようとする弘樹を嘲笑うように、リカルドがやわやわと腰を揺すりながら続ける。

『今か？　ああ、構わない。報告を聞かせてくれ、いつものように』

「……っ、ぅ、ふっ……！」

リカルドのグランドスイート客室。

弘樹はベッドに這わされて、後孔にリカルドの雄を受け入れさせられていた。

長い時間行為を続けているせいで、シーツはもうしわくちゃだ。その上甘い香りのする潤滑ジェルと、弘樹が自ら放ったものとでぐっしょりと濡れている。

弘樹は心底やるせない気分で、満天の星が輝く窓の外を眺めた。

豪華客船『オーシャンブリーズ』号の窓から見上げる夜空は、今夜も幻想的なまでに美しい。男に抱かれて恥ずかしく喘がされている我が身の境遇とのギャップに、気が遠くなりそうだ。

（……クソっ。俺は淫売《いんばい》じゃ、ないのに！）

あれから毎晩、弘樹はピアニストとしての仕事のあとにここへ呼び出されて、彼のセックスの相手をさせられている。

もう拘束されてはいないし、クルーズの間愛人になれと言われたのも確かだが、まさか毎晩自分の客室からここへ呼びつけられ、明け方近くまでベッドに縫いつけられることになるとまでは思わなかった。いくら何でもそこまで執着されるような体でもないだろうと、そう思うのだけれど、リカルドはどこまでも貪欲《どんよく》だ。

『ああ、その情報はぜひ聞きたいな、ロレンツォ。このまま待っているから、今すぐ報告書を持ってきて私に読んで聞かせてくれ』

リカルドが悠々《ゆうゆう》と言って、携帯電話を耳から離す。そのまま携帯電話の角で汗ばんだ背筋をなぞられたから、ビクンと上体が跳ねる。

からかうように、リカルドが言う。

「感じやすいな弘樹。だが、急に大人しくなってしまったのはどうしたことだ？　おまえの甘い啼き声を、ロレンツォにもたっぷり聞かせてやれ」

「ふ、ふざけっ、るなっ」

「恥ずかしがることはないのだぞ？　彼は私の忠実な部下だ。情事の艶声を聞かれるくらいどうということはない。ほら、いい声で啼いてみせろ」

「……ん、くっ、ぁあっ、あっ」

体内深く咥え込まされた雄の切っ先で中の感じる場所をなぞられて、裏返った声を洩らしてしまう。

そこは本当に感じやすくて、触れられただけで全身が痺れるほどの快感が体芯を駆け抜ける。男の体内にそんな場所があるなんて、リカルドに抱かれるまで全く知らなかったけれど、一度その味を知ってしまった体は浅ましいほどに素直で、リカルドが楔《くさび》を繋ぐたびに、弘樹は何度も絶頂を迎えてしまう。恥辱に耐えるのならまだしも、そんなふうになってしまうなんて、男として本当に情けない。

せめて声くらいこらえてやると、半ば意地になって口唇を噛み、顔をぐっとシーツに埋めると、リカルドが動きを止めて弘樹の背中にぴったりと身を寄せてきた。

「……弘樹。感じているのなら声をこらえるな。セックスの楽しみが半減するではないか」

リカルドが不満げに言って、それから囁くような声で続ける。

「おまえの体は本当に力強く、官能的だ。結び合えば結び合うほど、おまえの肉体からは優美な調べが聴こえてくるようだよ。甘く艶やかで、魅惑的な調べがな」

「……っ？」

「だが声を抑えてしまっては、その魅力は伝わらない。こちらとしては興ざめするばかりだ。ちょうど今のおまえのピアノのようにな」

「なっ……！」

いきなりピアノの話と結びつけられて、反発を覚える。セックスのことならともかく、ピアノが興ざめだと言われるのはかなり心外だ。

思わず首を捻って振り返り、顔を睨みつけると、リカルドは不敵な笑みを返してきた。

「おや、気に障ったかな？　だがまあ、差し当たり今の私にはどちらでもいいことなのだが。ピアノの出来が今一つなら、その分この体を奏でて楽しませてもらうだけだからな」

「……っあ、や、めっ、ああ！」

片手で尻たぶをつかまれ、腰をグイッと上向けて固定されたまま、リカルドの張り出した先端部分にゴリゴリと弱みを抉られる。

今夜だけでももう三度も達かされているのに、そうされると弘樹の先端からはトロトロと蜜液が溢れ出してくる。リカルドの傲慢な言い草への怒りと、それを凌駕《りょうが》するほどの強い快感とに意識をぐちゃぐちゃに掻き混ぜられ、気が変になりそうだ。

「く、ぅっ、もっ、やめて、くれっ、ああ、はああっ……！」

拒絶の言葉を放つけれど、リカルドにガツガツと弱みを攻め立てられて、また内腔の奥がヒクヒクと収斂《しゅうれん》し始める。こらえることもできぬまま、体がまた勝手に頂を極めてしまう。

「ひうぅ、ああ、あああああっ――――――！」

後ろだけで迎える、四度目の絶頂。

ピークが長く、その激しさに全身が痙攣《けいれん》したようにビクビクと震える。強すぎる快感に感情も何もかも飛散して、シーツには蜜液と涙と唾液とが垂れ流される。みっともなく叫んだ声は、電話の向こうの相手にまで届いてしまったことだろう。

ピアノの出来を悪く言われた上にささやかな抵抗心までも打ち砕かれ、悔しさに歯噛みしている弘樹に、リカルドが意地悪く笑う。

「ふふ、全く。つまらぬ意地など張らず、初めから素直に啼いていればいいものを」

そう言ってリカルドが、傲然とした声で続ける。

「いいか弘樹。私の腕の中、いやこの船の中では、おまえはこの私リカルド・マルティーニのものだ。それをよく自覚して、下らぬ抵抗心や無駄な思考に捕らわれず、ただ私を満足させることだけを思っていろ。セックスの最中も、ピアノを演奏している間もだ。分かったな？」

「……くっ……！」

支配者然とした物言いに、脳髄が焼けつきそうなほどの怒りを覚える。こんなことをさせられているからといって、何もかもを許したわけではないのに——！

そう言ってやりたかったけれど、リカルドがまた腰を使い始めたから、まともに言葉を発することもできない。

やがて携帯電話から、微かな声が聞こえてきた。リカルドが何事もなかったかのように答える。

『……ああ、ロレンツォ。いいぞ。聞かせてくれ』

「あ、ふっ、ああ、はああ——」

涼しげに通話相手との会話を再開したリカルドの下で、弘樹はもはや何一つ己を取り繕うこともできぬまま、際限のない快楽に溺れていった。

そんな日々がそれから五日ほど続いた、ある日の晩のこと。

『弘樹、元気がないね。悩み事でもあるのかい？』

船のナイトクラブの楽屋で、マネージャーに英語でそう訊かれて、弘樹は声のしたほうを見た。元気がないように見えたとすれば、それは単純に連夜の荒淫の疲れと寝不足のせいなのだが、もしかして顔に出ていたのだろうか。

『いえ、大丈夫です。ちょっと考えていただけですよ。この曲、出番までにもっといいアレンジに直せるかなと思って』

手にしていた譜面《ふめん》を持ち上げてそう言うと、マネージャーは小さく頷いた。

『何だ、そうだったのか。熱心だなあきみは。ピアノも日増しに良くなっているのに、まだ直そうとは』

『良くなってるって、思いますか？』

『ああ、もちろんだ。やはりシニョール・マルティーニの目は確かだよ。今夜もいい演奏を頼む』

マネージャーが言って、楽屋を出ていく。弘樹はしてやったりと小さくガッツポーズをしながら、また譜面に目を落とした。

ここ二日ほど、弘樹は船の二階にあるナイトクラブでピアノを演奏している。

私を満足させることだけを思っていろ、というリカルドの言葉には反発したが、ピアノの出来が今一つと言われては、プロとして負けてはいられない。とにかくリカルドを見返してやらなければと奮起して、ラウンジでの演奏にかなり真剣に取り組んだら、今度はこちらで弾くように命じられたのだ。様々なジャンルの出演アーティストに交じって刺激を受け、もっと素晴らしいピアノで私を楽しませろと、そう言われて。

(でもまさか、こんな本格的なクラブだったなんて、思わなかったけどな)

ナイトクラブの共演者には、ジャズの演奏家はもちろん、R&Bやシャンソンの歌手、金管・木管楽器奏者、それにポピュラーバンドなどもいたが、総じてまだ世間にそれほど名を知られていないアーティストが多かった。

だがその演奏やパフォーマンスは、欧州や北米の権威あるホールに出演するアーティスト並みにハイレベルだった。話を聞いてみるとそのほとんどがリカルドに直接出演をオファーされた者ばかりで、その中にはこの航海後の仕事の打診をされている者もいる。

世界的大企業のトップで、ホテルや娯楽施設を経営してもいるリカルドは、どうやらエンターテインメントやショービジネスの世界に精通していて、かなりの目利きであるようだった。

聴衆であるこの船の乗客たちも耳が肥えた層ばかりだから、確かに弘樹にとってもいい刺激になっているし、それだけに自分ももっとピアノとしっかり向き合わなければと、そんな気持ちになってはいるのだけれど――。

(俺はここでこんなことしてて、いいのか?)

時折ふとそう思って、立ち止まってしまう。

成り行きでリカルドに捕らわれ、ピアノと体とで彼に奉仕しなければならなくなってしまって、まともにものを考える暇《いとま》すらもないのだけれど、そもそも弘樹がここへ来たきっかけであるカルロと由香の死の真相は、何一つ解明されてはいないのだ。

リカルドが手を下したわけではないのだとしたら、あれはやはり事故だったのだろうか。それとも他の誰かがそうさせたのか。カルロを脅していた相手とは、一体誰なのだろう。

本当はそうしたことをきちんと調べて自分なりに納得したいと、弘樹はそう思っている。真相が分かるまではどんなにピアノを弾いたところで心の底からは楽しめないし、それは遅かれ早かれ聴衆にも伝わってしまう。プロの演奏家として、そんなパフォーマンスを続けていることは誰のためにもならないように思えて――。

『鳴瀬弘樹、ここにいたのか』

不意にイタリア語で話しかけられて、いつの間にかぼんやり眺めていただけの譜面から顔を上げる。そこにいたのは、リカルドの部下の男だ。淡々とした声で、男が言う。

『オーナーがお呼びだ。ついてこい』

『ついてこいって、今すぐか？　でも、できれば出番前にもう少し練習を……』

『急げ。オーナーをお待たせするな』

男が遮《さえぎ》るように言って、踵《きびす》を返す。その後ろ姿に、疑念が浮かんでくる。

（リカルドの奴、まさかこんな時間から俺をっ……？）

昨日も明け方まで解放してくれなかったくせに、こんな夜も浅いうちから部屋に呼びつけるなんて信じられない。こちらのことをいつでも好きにもてあそべる抱き人形だとでも思っているのかと、腹が立ってくる。

だが、何であれ命令に従わざるを得ないのが今の弘樹の立場だ。ぐっと拳を握って苛立ちを鎮《しず》めながら、弘樹は男についていった。

（ピアノの、音……？）

リカルドの部下にグランドスイート客室まで連れていかれ、不承不承《ふしょうぶしょう》部屋に入ると、誰かがピアノを弾いている音が聞こえてきた。

曲はベートーベンのピアノソナタ『月光』だ。それほど熟練した弾き手の演奏ではないが、なかなか深みのある音を響かせている。

窓の外を見れば、夜空には半月を過ぎた明るい月が浮かび、静かな海を照らしている。こんな夜には似つかわしい選曲だけれど、一体誰が弾いているのか。

誘われるようにリビングの奥へと歩いていくと、そこには見慣れた後ろ姿があった。

「リカルドっ？」

驚いて上ずった声で叫ぶと、リカルドがハッとしたように振り返った。リカルドがそんな顔を見せたのは初めてだったから、更に驚いてしまう。

これも初めての、何となくバツの悪そうな顔をして、リカルドが言った。

「……ああ、弘樹か。夢中になっていて気づかなかった」

「夢中にって、あんた、ピアノは弾かないんじゃなかったのか？」

「そうだな。弾いていなかったよ、この数年は。でも今日は、何故だか久しぶりに触れたくなった。昔はよく弾いていたものだ。家族を亡くすまでは」

（家族……？）

リカルドが家族の話をしたのは初めてだったから、意外な感じがする。リカルドが『父親や異母兄姉も殺した』と、確かコジモが言っていたような気がするけれど、あれは出まかせだったにしても亡くなっているのは本当なのかもしれない。

そしてこの様子だと、もしかしたらピアノは、リカルドにとってはただの音楽以上の意味があるのではないだろうか――――？

直感的にそんなことを想像して、探るようにリカルドを見つめると、彼はすっと立ち上がって命じてきた。

「こちらへ来い。話がある」

「話……？」

改まって何だろう。訝りながら、リカルドに促されてリビングのソファに座る。

向かい合わせに座ったリカルドが、部屋の隅で控えていた部下に手振りで命じると、部下が何かの紙の束と小ぶりな段ボール箱とを持ってこちらへやってきた。

「実は先ほど、おまえが求めていたものが輸送ヘリで届いたのだ。クラブでの演奏前にあまり動揺させるのもどうかとは思ったが、やはり先に見てもらうことにしたよ」

リカルドが言いながら、紙の束をこちらへ寄こす。不審に思いながら目を落とし、パラパラとめくってみて、弘樹は瞠目した。

カルロと由香の写真。交通事故現場の写真。大破した車の写真。

更にはポリスリポートや救急病院のカルテ、それに自動車保険会社の審査書類まである。

皆コピーではあるが本物のようだ。

「リカルド……、これ、もしかしてカルロと姉さんの事故の……？」

「ああ、そうだ。そしてこれは、恐らくおまえの姉の持ち物だと思うのだが……。確かめてくれるか？」

「これはっ……」

段ボール箱の中身を見て、目を見開いた。

そこにあったのは、由香が普段愛用していたショルダーバッグだった。事故のあとどこかに行方不明になっていたものだ。今までどこにあったのか、すっかり汚れてしまったバッグをつかみ上げて中を覗《のぞ》くと、そこには由香が使っていた手帳や日記帳などが入っていた。

「姉さんのだ、これ……。姉さんが使っていたものだ！」

震える声でそう言うと、リカルドはホッとしたように頷いた。

それからすまなそうな声で言う。

「そのバッグは、どうやら事故処理の間にどこかにまぎれていたようだな。手を尽くして探させたが、見つかったのはそれだけだ。さすがに携帯電話や財布などは、もう……」

「あんたが見つけてくれたのかっ？　事故のことも、ちゃんと調べてっ……？」

「弘樹がそうして欲しいと言ったのではないか。事故の詳しい調査の結果も、その書類に全て書いてある。時間があるときに読むといい」

事もなげに、リカルドが言う。まさか本当に調べてくれるなんて思わなかったから、驚いて言葉を失っていると、リカルドがほんの少しためらいながら言葉を続けた。

「ただ……、言いにくいのだが、真相がどうであれ、公式にはあれが事故であることは変わらない。それを覆《くつがえ》すことは、恐らく誰のためにもならないだろう」

「どういうことだ？」

「真実を争っても死体が増えるだけだということだ。私の敵もまた、マフィアだからな」

そう言ってリカルドが、こちらを見つめながら静かに続ける。

「弘樹は、カルロ・フランコが脅しを受けていたのは知っていたか？」

「ああ。それらしいことを、彼の母親から聞いたが」

「そうか。カルロは同郷のオペラ歌手の売り込みを断って、その歌手と親戚関係にあるシチリアの有力者から脅しを受けていたらしいのだ」

「シチリアの？」

「そうだ。そしてその有力者の背後には、マフィアがついていた。私の敵、エリオ・マルティーニがな」

「敵って……、でも、マルティーニって名なのは？」

「私の伯父なのだよ、エリオは。シチリアマフィア、マルティーニファミリーの事実上のトップだ。我が一族には、親族同士が争う複雑な事情があってな」

リカルドが言って、沈痛な声で続ける。

「だがもちろん、カルロも他の誰も、ニューヨークでそんなことを知っている人間はいない。私にとっても、カルロは私が所有しているクラブやホールに出演するアーティストの、所属事務所の社長に過ぎなかったから、彼が伯父とかかわりのある相手に脅されているとは思いもしなかった。クラブの関係者の一人が、脅しに難儀《なんぎ》しているカルロに私の名を告げてしまうともな」

「あんたの名を？」

「企業家としての私の名、クラブのオーナーとしての名をだ。私なら何とかしてくれるかもしれないと、そんなことをカルロに言って、彼も脅しに対しそう口走ってしまったようだ。それを聞きつけた伯父は、私が彼のメンツを潰そうとしているのだと思い込み、意趣《いしゅ》返《がえ》しのつもりでカルロの車に細工をした。ロスの市街地で事故を起こすように」

目の前の写真と話とで事故の惨状を思い出して、胸が痛くなる。

まさかカルロがそんなことに巻き込まれて死んだのだとは思いもしなかった。言葉もなく由香の遺品に目を落としていると、リカルドが更に言った。

「むろん、この話を信じるかどうかはおまえ次第だが、私としてはこれ以上何とも説明できない。ただ、いくらかなりとも私とかかわりがあったことがカルロの死の原因であるのは確かだし、おまえの姉もそのせいで命を落とした。その点については、本当にすまなく思っている」

「リカルド……」

そんなふうにストレートに謝られるとは思わなかったから、一瞬どんな顔をしていいのか分からなかった。

でも、リカルドはきちんと約束を果たしてくれ、失くしたと諦めていた遺品まで探し出してくれた。絶望しきって悪意ある者に騙され、リカルドを殺そうとまでした自分が、ひどく恥ずかしく思えてくる。

(姉さん……)

リカルドが探し出してくれた由香の手帳を、そっと手に取ってみる。

パラパラとめくると、弘樹の公演スケジュールや営業のアポイントなどの予定がぎっしり書き込まれていた。由香は本当に弘樹のために力を尽くしてくれていたのだと感じて、その不在を改めて実感する。

そして日記帳には——。

『弘君は本当に才能があると思う。私は支えてあげるしかできないけど、とことんまで頑張らせてやりたい』

『天国のお母様！　今日、弘君がジャズクラブ「ムーンライト」に出演することになりました！　本当に凄いでしょ？　そっちまでピアノの音が届くといいな！』

『きっといつかお父様にも、弘君の選択が正しかったことを分かってもらえる日が来ると思う。というか、分からせたい！』

『でも、本当はもう分かってるのかもしれない。何となくそんな気がするのは、娘の勘。お父様は不器用だし、弘君も頑なだけど、やっぱり親子だものね』

日記帳の一ページ一ページから感じられる、由香の温かい思い。

愛情溢れる言葉の数々を見ていたら、涙で何も見えなくなった。

誰よりも弘樹のことを考え、弘樹を支えてくれた大切な姉、由香。その突然の死を認められなくて、復讐を果たそうと銃まで手にしてしまった自分は、完全におかしくなっていたのだと気づく。

でもそれは、もしかしたら父も同じだったのかもしれない。

ひょっとしたら父は、親として娘の死を受け入れられないばかりに、思わず弘樹にひどいことを言ってしまったのではないだろうか。何かのせいにしなければ哀しみで押し潰されそうだったから、弘樹にあんなことを言ったのでは。

ふとそんなことにも気づかされた瞬間、弘樹はようやく思い至った。

弘樹がコジモに呆気なく騙され、復讐などという大それた言葉に踊らされてしまったのは、弘樹自身が内心感じていた由香の死への自責の念を、父の言葉で刺激されたからだったのかもしれないと。

(俺のせいだって……、俺は、そう思っていたのかも)

由香をアメリカに来させたのは弘樹だ。彼女の死に、弘樹は無意識に責任を感じていたのだろう。だからこそ父の暴言に、あんなにも傷ついたのだ。

大切な姉を失った悲しみ、そして自らの罪の意識から逃れるために、自分はコジモが言った復讐という言葉にすがりついたのではないか――。

そう気づいて、涙が溢れてくる。

「俺はバカだ、本当に、バカだっ……。ピアノを弾くこの手で、銃を握るなんて……!」

浅はかな己が嘆かわしくてただ泣けてくる。

由香は、絶対に弘樹を恨めしく思ったりするような人ではない。弘樹にピアノを頑張って欲しいと、彼女はいつでもそれだけを願っていたのだ。

その想いを無駄にするような日々を送り、あまつさえもう死んでもいいなどと思った自分のふがいなさに、嗚咽《おえつ》が止まらない。

泣き崩れてしまった弘樹の肩にそっと手を置いて、リカルドが静かに声をかける。

「泣くな、弘樹。おまえはあの銃を撃たなかったではないか。そして今もこうして生きていて、ピアノも弾ける」

「でも、俺……！」

「ナイトクラブでの演奏は素晴らしいものだ。間違いなくおまえの姉にも届いているだろう。彼女はきっと天国からおまえに喝采《かっさい》を送っているはずだ。私はそう思っているぞ？」

「……リカル、ド……」

予想もしなかった温かい言葉に、思わずリカルドの顔を仰ぎ見る。

それは本当のところ、ここ数日弘樹が最も聞きたかった言葉、そしてかけて欲しかった言葉かもしれない。リカルドがそんな優しい言葉をくれるなんて思わなかったから、余計に深く心にしみる。知らず心が慰められるのを感じながら顔を見返していると、リカルドが諭《さと》すような目をして続けた。

「弘樹。私に銃を向けたとき、おまえは『復讐』と言ったな？　だがそんなことは愚かしい行為だ。相手がマフィアなら尚更な」

そう言ってリカルドが、どこか真摯《しんし》な目をする。

「私が言うのもおかしいが、悪辣きわまるマフィア相手に徒手空拳《としゅくうけん》で戦いを挑むのは、人生の無駄というものだ。そんなことをしてその手を汚すより、おまえはピアノに向かっていたほうがずっといい。おまえの姉にとっても、それが一番の供養《くよう》なのではないか？」

それは本当にそうだと、今は素直にそう思える。自分はピアノを弾くことでしか由香を弔《とむら》うことはできないし、前に進むこともできない。結局そういう人間なのだと、今更のように自覚する。

そしてその瞬間、弘樹は悟った。リカルドはもしかしたら、ずっと弘樹にそう気づかせてくれようとしていたのではないかと――――。

カルロと由香の死の真相を知りたいという弘樹の思いを叶えるように、手を尽くしてくれたリカルド。

失意と絶望と、そして自責の念に駆られるあまり自分を見失っていた弘樹に、試しにピアノを弾いてみるよう促したのは彼だ。ラウンジで弾くよう命じ、あえてプライドを刺激するような言葉で弘樹を奮起させて、ナイトクラブにも出演できるようにしてくれた。

戯れに弘樹の体をもてあそび、たまたまピアノが弾けたからそれを活かして働かせているのだと思っていたけれど、もしかしたらそれだけではないのかもしれない。暗殺しようとしてきた相手なのに、そこまで親身になってもいいと思えるほど、リカルドは弘樹のピアノを気に入ってくれているのだろうか。

そう考えるととても嬉しくなって、胸が高鳴ってくる。

リカルドが穏やかな口調で言う。

「とにかく、これは全ておまえに渡しておく。一度部屋へ戻って、今夜の出番に備えるといい」

「戻って？　って……、あの、じゃあ今呼び出したのは、本当にこれだけのため……？」

「ん？　何だ弘樹。もしかして、私に抱かれると期待してきたのか？」

「なっ、そ、そんなわけないだろっ」

別にそんなつもりはなかったのに、そう言われると妙に慌ててしまい、頬が染まってしまう。リカルドがクッと楽しげに笑って、からかうように言う。

「私に抱かれて啼き乱れる悦びに、ようやく目覚めてきたか？　このまま戻ったのでは体が寂しいというのなら、抱いてやらないこともないぞ？」

「だ、誰が寂しいもんか！　戻れと言うなら、喜んで戻るさ！」

染まった頬のまま言って、書類の束を由香の遺品の入った段ボール箱に入れ、まとめて両手で持って立ち上がる。からかわれたのがひどく恥ずかしくて、今すぐここを去りたい気分だけれど。

(でも、お礼を言わないと)

殺されても仕方のないことを仕かけた弘樹に対し、リカルドはここまでしてくれたのだから。そう思い、弘樹はリカルドの顔を見返した。

「……リカルド、その……、俺のためにいろいろしてくれて、感謝してる。取り乱して泣いたりして、恥ずかしいところを見せたけど、これからはもっとちゃんと、ピアノと向き合っていくから」

そう言うと、リカルドが微かに目を見開いた。

それからその端整な顔に、優しい笑みを浮かべて言う。

「ああ、おまえはそれでいい。期待しているよ、弘樹」

弘樹を温かく見守るような、穏やかな声。

その優しい響きに、どうしてかドキリとしてしまう。

何となしに心揺れるものを感じながら、弘樹はグランドスイート客室を出ていった。

それから、数日後――――。

『おお、陸が見えてきたぞ！』

『まあ本当！　やっぱり陸地が見えるとわくわくするわね！』

乗船客たちの弾んだ声に、顔を上げて外を見てみる。

船のメインダイニングの窓の外、朝もやの中に浮かぶヨーロッパ大陸は、幻想のように美しい。

『オーシャンブリーズ』号は二週間ほどの大西洋横断航海を終えて、今日はポルトガルのリスボンに寄港し、明日の朝まで停泊する予定になっている。最初の寄港地だけあって船の中はどこか沸き立っていて、船内スタッフも朝から忙しく働いている様子だ。聞けば夜には、リスボンの街からも招待客を招いて、船上で盛大な寄港記念パーティーが開かれるらしい。

弘樹はコーヒーをひと口飲みながら、何となしに感慨《かんがい》を覚えていた。

(またヨーロッパに来たんだな、俺は)

ジャズを志してアメリカへ渡って以来、ヨーロッパには何年も来ていなかった。リカルドに復讐しようと偽名でこの船に乗ったときには、自分の身がどうなるかも分からなかったから、今ここにいるのが何だか信じられない。

恐らく弘樹は上陸することはできないだろうが、時間があったらデッキにでも出て、リスボンの街並みを眺めてみようか。

何となくそんなことを思っていると――――。

『失礼、ミスター鳴瀬でいらっしゃいますか？』

いきなり声をかけられて振り返ると、そこには柔和《にゅうわ》な表情の初老の男性が立っていた。

知り合いではないように思うが、誰だろう。

『……はい、鳴瀬ですが、あなたは？』

『突然失礼いたします。私、スミスと申しまして、三階でテーラーを開いております』

そう言ってスミスが、ニコリと微笑む。

『実は先ほどシニョール・マルティーニから、大至急あなた様のタキシードをあつらえるようにと仰せつかりまして』

『タキシードを？』

『はい。つきましては、取り急ぎ採寸のみ済ませてしまいたく思いますので、お食事のあとに当店までいらして頂けますか？』

思いもしなかった話に、唖然としてしまう。リカルドは今度は何を考えているのだろう。

弘樹は戸惑ったまま、テーラースミスの上品な顔を見返していた。


その日の夕刻のこと。

弘樹は今しがた縫い上がったばかりのタキシードに身を包んで、リカルドのグランドスイート客室へと赴《おもむ》いた。こんなに早く服を仕立て上げられるなんて、スミスはかなりの腕利きに違いない。恐らくこういう事態に慣れてもいるのだろう。長いクルーズにパーティーは付き物なのだから。

(それにしても、タキシードだなんて)

普通のパーティーならブラックスーツで充分のはずだ。わざわざタキシードということは、もしかしたら弘樹は、寄港記念パーティーの席でピアノを弾くことになるのかもしれない。

それはもちろん構わないのだけれど、パーティーの時間も迫っているし、楽曲によってはリハーサルを入念にしたい。果たしてその時間はあるのだろうか。

そんなことを考えながら、リカルドのグランドスイート客室の呼び鈴を押すと、ややあってドアが開いた。

「ああ、来たか弘樹。あまり時間がない。早く中へ」

出てきたリカルドもタキシード姿だ。急かされて部屋へ入ると、そこには先客がいた。

背の高い黒人男性が三人。

皆正装していて、一人は手に楽器のケースを抱えている。演奏家なのだろうか。

（……えっ……？）

男たちの顔に見覚えがあったから、思わずその顔を一人一人確認するように見た。

楽器を手にした黒人男性が、リカルドに英語で問いかける。

『シニョール、彼がピアノの……？』

『鳴瀬弘樹だ。腕は私が保証するよ、ビリー』

リカルドの言葉に、もう一度男性の顔を見る。

瞬間、男たちが何者なのかに気づいて、弘樹は瞠目した。

「ビリーって、ビリー、グリーンっ？『ビリー・グリーン・カルテット』っ？」

上ずった声で名を口にすると、リカルドが頷いた。

「ああ、そうだ。今夜の船上パーティーで演奏してもらうことになっている。ちょうど欧州ツアー中ということで、打診したら引き受けてくれてな」

ビリー・グリーン・カルテットは、アルトサックスのビリー・グリーンがリーダーを務めるジャズカルテットだ。ニューヨークはもちろん世界的に活躍する超一流アーティストで、技巧的でありながらも情感豊かな即興演奏には定評がある。弘樹にとってはほとんど雲の上の存在といっていい相手なのだけれど。

『……あれ？　でも、一人足りなくないですか……？』

カルテットなのに三人しかいないのを怪訝《けげん》に思い、英語で訊いたら、リカルドが即答した。

『ピアノのポールが、急病で入院してしまったのだ。それで弘樹に彼の代役を務めてもらおうと思ってな』

『だ、代役？』

驚いて問い返すと、ビリーが困った顔でこちらを見た。

『ああ、そうなんだよミスター鳴瀬。ポールなしじゃ出演はキャンセルするしかないと思ったんだが、シニョールにいいピアニストがいると聞かされてね』

ビリーが言って、ニコリと微笑んで右手を差し出してくる。

『シニョールのお墨付きなら間違いない。どうかよろしく頼むよ、ミスター鳴瀬』

『そ、それはとても光栄ですが、でも……』

握手を返しつつも、自分に超一流ジャズマンの代役など務められるのだろうかと不安になって、リカルドをチラリと見る。

するとリカルドが察したように笑い、例のグランドピアノのほうへ歩いていった。

『ここのピアノで先に少し合わせたらいい。せっかくなのだ、「船上の朝」を演ってはどうかな？　弘樹もあれなら、今すぐ弾けるだろう？』

『それはいい。ミスター鳴瀬、さっそくだが、いいかい？』

『船上の朝』はカルテットの代表曲で、軽快で爽やかな楽曲だ。映画音楽にも使われるなど、ジャズの世界ではもはやスタンダードナンバーといってもよく、コード進行も知っているからできなくはないだろうが、本当に大丈夫だろうか。

（でも、やるしかないよな！）

こんな状況下であっても、これは間違いなくチャンスだ。ジャズピアニストとしての情熱が滾るのを感じて、心拍が早くなる。

弘樹は頷いて、急いでピアノに向かった。

軽く鍵盤を叩くと、このピアノ特有の重厚な音色が耳に届いてきた。

ジャズ演奏には少し重い気もするけれど、タッチを変えてやれば問題はなさそうだ。

ケースからアルトサックスを取り出したビリーが、軽く声をかけてくる。

『よし、それじゃやってみようか。出だしはしっかりと合わせて。あとはきみの自由に』

ビリーの言葉に、気持ちが高ぶる。

初めてジャズを弾いて興奮した日に戻ったような気分で、弘樹はアルトサックスに合わせてピアノを奏で始めた。


船上での寄港記念パーティーは、その後ほどなく始まった。

ビリーのカルテットの出番はディナータイムの後半だったが、弘樹は盛大な宴の雰囲気に気圧されることなく無事代役の務めを果たし、ビリーを始め多くのゲストの称賛を浴びることとなった。

パーティーはその後も続いていて、もう夜の十時を過ぎているがまだまだ終わる気配はない。今はリスボンの街から招聘《しょうへい》したパフォーマーらによる余興や、ゲーム大会などが開かれているようだ。

そんな中弘樹は、リドデッキに設えられた小さなバースペースの一角で、食後のひとときを楽しむゲストのために陽気なピアノを奏でていた。

（……凄い。まだ、体が震えてる……）

カルテットの一員として全力でセッションしきった充実感で、弘樹の心はいつになく高揚している。こういう感覚は普段から演奏活動をしていても、そうそうあるものではない。

――超一流の、憧れのミュージシャンの代役。

演奏家として、それはもちろん願ってもないチャンスだった。

だが、さすがに格が違いすぎるのではと、弘樹は最初かなり気後れしていた。

でもジャズ界では大御所であるビリーのプレイスタイルは、自分でも勉強したことがあったし、向こうも余裕を持って合わせてきてくれたから、とにかく必死で食らいついて追いすがった。演奏の出来も素晴らしく良かったし、パーティーのゲストにもかなり満足してもらえたようだった。

弘樹も久しぶりに純粋に音楽を楽しめたような気がする。

『弘樹、もう一曲弾いてくれる？』

『もちろん。どんな曲がいいです？』

『ゴキゲンなのがいいわ！　踊りだしちゃいたくなるようなの！』

ゲストのリクエストに応えて、明るく軽快な楽曲を弾く。

ピアノを奏でる楽しさをこんなにダイレクトに感じたのも久しぶりだ。やはりピアノはいいなと、しみじみそう実感する。

アンサンブルももちろん好きだけれど、ピアノはそれ一台で好きに弾く楽しさがあって、

それは弘樹にとってピアノの最大の魅力だ。クラシックからジャズに転向してからは、聴衆の反応がより直接的になったから、それに応えるのもとても楽しい。

由香の死後、そういう素朴な楽しさや心地よい感覚をすっかり忘れていたようだと、弘樹はようやく気づいた。

（でも、もう大丈夫。俺はもう、弾ける……！）

鍵盤に向かうだけで、頭の中に多彩な音が浮かんでくる。

それに指先が反応して、ときに鋭く、あるいは繊細なタッチで鍵盤を叩き、鮮やかな音を響かせていく。

洪水のように浮かぶイマジネーションに合わせて、飛んだり跳ねたり弾んだり。

音の世界に体ごと没入して、くるくると舞い踊って――。

こうなるともう、どこまでも自分の世界に入ってしまう。

かなりアクロバティックな即興を交えながら、思うまま感じるままに曲を弾き終えると、エクスタシーに似た感覚が全身を駆け抜けた。

『ブラボー！』

ひと呼吸置いて、割れるような拍手が耳に届く。

『素晴らしい！』

いつの間にか弘樹を取り囲んでいた人々の称賛の言葉に、ふわふわと浮遊した気分のまま振り返る。

聴衆の笑顔と、惜しみない拍手。

確かな手ごたえを感じながら、立ち上がって頭を下げる。

自分のピアノを、取り戻した――。

そう思った瞬間、海上でドンと音がして、夜空に鮮やかな花火が打ち上がり始めた。

まるで弘樹を祝福してくれているかのように。

『……紳士淑女の皆様。よろしければ船の左舷《さげん》前方へどうぞ。華麗な花火を、もっとよくご覧になれますよ？』

聴衆の後ろからよく通る声でそう声をかけてきたのは、リカルドだった。

どうやら彼も演奏を聴いていてくれたらしい。花火を見ようと移動し始めた乗船客の流れをすり抜けながらこちらへやってきて、興奮したような笑みを浮かべて言う。

「素晴らしい即興だったよ、弘樹。今までで一番いい出来かもしれないな！」

「それは、どうもありがとう。でもあんたの趣味じゃないんじゃないか？　ああいうけれんみたっぷりな弾き方は」

そう答えると、リカルドは小さく首を振った。

「そんなことはない。今日のおまえはピアノを楽しんでいるように見える。とても輝いていて、美しい」

「そ、そうか？」

「ああ。ありありと思い出すよ。おまえの演奏を初めて目にして一瞬で心を奪われた、パリの夜を」

「……え？」

いきなり何を言いだすのだろう。訳が分からなくて、まじまじとリカルドを見返してしまう。リカルドがこちらを見つめて、意味ありげに微笑む。

「……ふふ、今夜は少し話でもしようか。花火を眺めるのにいい場所も知っている。私についてこい、弘樹」

そう言ってリカルドが、先に立って歩き始める。

弘樹は不審に思いながらも、あとに続いた。

（パリで見たって……、いつのことだっ？）

意外なことを言われて、弘樹は心底驚いてしまっている。

弘樹が初めてリカルドの前でピアノを弾いたのは、この航海が始まって最初の朝のはずだった。

パリ時代は音楽院に通いづめで、誰かに見られるような場所でピアノを弾いたことなどほとんどなかったのに、リカルドは一体いつ、どこで弘樹の演奏を見たのだろう。

首を傾げながらついていくと——。

「ここだ。まあ、そこにかけるがいい」

連れてこられたのは、船の後部に造られた小さなガーデンデッキだった。

昼間はヤシの木の下で寛げる開放感のあるスペースになっているところだが、今はひと気もなく、海上の花火もよく見える。

海に面したデッキチェアに腰かけると、給仕がシャンパンを運んできた。

グラスを挙げて乾杯し、ひと口飲むと、長時間ピアノを弾き続けて喉がカラカラだったと、今更のように気づいた。

リカルドが弘樹に微笑みかけながら言う。

「パーティーでの演奏は完璧だったよ、弘樹。初めての顔合わせで、さすがだな」

「ビリーが合わせてくれたからな。あの人はやっぱり本物だ」

「それはおまえだってそうだろうに」

「俺なんて足元にも及ばないよ。まあ、当然のことだけど」

本格的にジャズに転向してまだ数年だ。何とかついてはいけたけれど、自分の音楽表現としてそれ以上だったとは思わない。それに何といっても、代役は代役なわけだし
――――。

そう言うと、リカルドが小さく笑った。

「おまえは謙虚《けんきょ》だな。だがあれだけの演奏をしても舞い上がらず、己を客観視できるというのも、それ自体音楽家としての高い資質の表れではないか？　クラシックを勉強した者ならではの音感も、即興のセッションに当たっては大きな武器になっていると感じるがな」

その見立ては、今までにも時折人から言われてきたことだ。だがリカルドには、それを感じ取れるほどたくさんの演奏を見せてはこなかったし、彼の前で本気でクラシックを弾いたこともなかった。やはり先ほどリカルドが言ったことは、本当なのだろうか。

「なあ、リカルド。あんたもしかして、俺のことを知ってたんじゃないのか？　ニューヨークで弾き始めるよりも、前から……？」

弘樹の言葉に、リカルドが悪戯っぽい顔をする。

「……ああ、そうだな。実を言うと知っていた。おまえがまだパリにいたころ、私はおま

えを見たことがある。おまえが通っていた音楽院でな」

あっさりとそう告げて、リカルドが肩をすくめる。

「弘樹は、ジャン・ランベール教授を知っているかな？」

「音楽院の教授のか？　師事したことはないが、名は知っている」

「そうか。彼は、私の母の恩師に当たる人なのだ。母は日本の音楽大学を出てパリで学んだ、元ピアノ教師でな。彼女について少々相談事があって、私はいっとき彼の元に通っていたことがあるのだ。そのときに、練習室でピアノを弾いていたおまえを偶然見かけていたのだよ」

リカルドが言って、仔細《しさい》を思い出そうとするように小首を傾げる。

「そのときに弾いていたのは確か、ベートーベンの『熱情』ソナタだったかな。力強く真っ直ぐで折り目正しい、正統派のピアノだった。それはそれで素晴らしいものだったが、演奏し終わるとおまえは、心底不満そうな顔をしてもう一度最初から弾き始めた。先ほど弾いていたような独創的なアレンジで、楽しげにな」

そう言われて、当時のことをまざまざと思い出す。

クラシックに息苦しさを感じて、自分の道はここではないのではないかと悶々と思い悩んでいたころ、よくそんなふうに弾いていたものだ。

音楽院の教授や同級生、それに父からは、鼻で笑われていたけれど。

「破天荒で型破りな演奏だったが、私は一瞬で心をつかまれた。こんな演奏をする者がいるのだと、心底驚かされたよ。おまえの華麗な演奏に、ただただ魅せられて……。そのすぐあと、教授からおまえが音楽院をやめてしまったようだと聞いたときには後悔した。せめて話しかけるくらい、しておけばよかったとな」

「リカルド……」

誰もが邪道だと一笑に付したあの演奏は、弘樹がジャズに転向するきっかけにもなっていたものだった。あれをそんなふうに言ってくれるなんて、とても嬉しいことだ。懐かしげな顔をして、リカルドが続ける。

「私はその当時、北米での事業を拡大しているさなかだった。プライベートでもいろいろとあって、鬱屈《うっくつ》を抱えていたころだったせいか、おまえのピアノの自由さが眩しくてな。演奏を聴いて、心癒《いや》されるものを感じたのだ」

そう言ってリカルドが、苦笑気味に続ける。

「だから、初めてここで直接会ったおまえに、いきなり殺されかけたのはかなり驚いたよ。だがもっと驚いたのは、あんなにも素晴らしいピアノを弾いていたおまえが、生きる希望すらも失っていたことだ。姉の死のせいだと知って、簡単に解決するような悩みではないなとは思ったが、でもそれを乗り越えればきっとまたあのピアノを聴かせてくれると、そうも思った。だから何とか手助けをしてやりたいと思ったのだ」

(俺のために、そんなふうに思って……?)

リカルドの言葉に、胸を打たれる。

情けない姿を曝していたのは恥ずかしい気もするが、苦しい心の内を分かってくれていたのだと思うだけで、心が温かくなるような気がする。やはりリカルドは、最初から弘樹にはピアノしかないと気づかせてくれようとしていたのだ。

「あんた、最初から全部そのつもりで……?」

「ふふ、まあな。先ほどの演奏を聴いて、もうおまえは大丈夫だと確信したよ。おまえのピアノは、やはり素晴らしい」

リカルドが言って、すっと弘樹の手を取り、こちらの瞳を見つめながら低く艶のある声で囁く。

「演奏の出来栄えももちろんだが、楽しんでピアノを弾いているおまえは、本当に美しい。私をこんなにも魅了するのはおまえだけだよ、弘樹」

「リカル、ド……?」

握られた手の甲にチュッとキスされて、ドキリとしてしまう。

まさかグランドスイートの外の、誰かに見られるかもしれないところでそんなふうにされるとは思わなかった。驚いて周りを見回してしまったが、リカルドはそんなことなど気にも留めない。

手を引っ込めることもできず、戸惑いながらリカルドを見返すと、リカルドはこちらを見つめたまま手の甲にもう一度、今度はギュッと口唇を押し当てるように口づけてきた。

そうしてそのまま、指の付け根の関節の一つ一つに、優しくキスをしてくる。

何やら甘やかな、リカルドのベーズマン。

今までになく艶やかな接触に妙にドキドキしてしまって、ドン、ドンと打ち上がる花火の音が、やけに遠くに聞こえる。

頬が染まってしまいそうになったから、弘樹は慌てて視線を逸らした。

(『パトロンと芸術家』なんじゃ、なかったのか……？)

リカルドが本物のパトロンのように弘樹のピアノを気に入ってくれて、姉の死という個人的なことについて調べてくれたり、一流ミュージシャンの代役に推薦してくれたりするなどチャンスを与えてくれているのは、弘樹としてももちろんありがたいことだと思っている。命を狙った代償という面はあるにせよ、体を好きにされるのも、ある意味その範囲の中にあることだといえなくもない。

けれど今目の前にいるリカルドからは、何となくそれだけでない何かを感じる。手に落とされる甘く優しいキスから伝わってくるのは、もっと親しみと確かな温度のある感情だ。リカルドが弘樹に求めているのは、ピアノと体だけではないのではないかと、そんなふうに思わせるような感情。

もしやリカルドは、純粋に弘樹のことを――？

（でも、まさかそんなの、あり得ないだろっ）

パトロンと芸術家という例えを出してきたのはリカルドのほうだ。

今の二人の関係はまさにその例えの通りだと思うし、体までも求められているのは弘樹だけだとしても、リカルドとそんな関係を築いているのも、たぶん弘樹だけではないだろう。

リカルドに見出され、ナイトクラブに出演しているアーティストだけでも何人もいるし、そうした者は恐らくは船だけでなく、他の場所にもたくさんいるはずだ。リカルドにとって、弘樹はその中の一人に過ぎないはずなのだ。

それなのに弘樹だけが特別なようなことを言い、こんなふうに親密な想いを滲ませてくるなんて、気持ちが混乱してしまう。

弘樹は思わず、剣呑《けんのん》に訊いた。

「……なあ、リカルド。あんたひょっとして、誰にでもこうなのか？」

「何？」

「俺を拘束して抱いて、カルロの家族を盾に取って俺を思い通りにしたくせに、今度はこんなふうに甘いことを言って、俺を惑わせる……。あんたは気に入った人間を、いつもこんなふうに手に入れてきたのか？」

少々きつい言い方かなと思ったけれど、何故だか言わずにいられなくて、そんな言葉を投げかける。

するとリカルドは、少し驚いたような顔をしてこちらを見返してきた。

それからゆっくりと、言葉を選ぶように言う。

「……確かに、欲しいものは何であれ、必ず手に入れるのが私の主義だが……、誰にでもこうというわけじゃないさ。私にも好みくらいはあるからな」

クスリと笑って、リカルドが続ける。

「だがまあ、私の想いがどうであれ、今のおまえにはどちらでも同じかもしれないが。何せ私は、マフィアだからな？」

ややわざとらしい口調でそう言って笑うリカルドが、どことなく寂しげな目をしていたから、また少し気持ちが乱される。

それと分かる言葉を口にはしないけれど、やはりリカルドは、弘樹に多少なりとも特別な想いを抱いているのかもしれない。

でもリカルドにこちらへの想いがあったところで、実際どうしていいのかは分からない。今まで男性に想われたことなどなかったし、当然ながら抱かれたこともなかった。

返す言葉を思いつかず黙ってしまうと、リカルドは小さく笑った。

そして弘樹の手を優しく両手で握って、静かに言う。

「考えるな、弘樹」

「え……」

「何も考えなくていい。少なくとも、この船の中ではな」

艶っぽいリカルドの声が、やわやわと鼓膜を揺らす。

――『何も考えなくていい』。

それは初めて体を開かれたときにも言われたし、ピアノの不出来を指摘されたときにも同じようなことを言われた。

弘樹の手をそっと自分の頬に寄せて、リカルドがゆっくりと言葉を紡ぐ。

「心と体の思うまま、感じるままでいればいい。おまえの奏でる自由なピアノのように」

そう言ってリカルドが、双眸を緩めて微笑む。

まるで恋人にでも向けるような、甘美な微笑み。リカルドがそんな笑みを見せたのは初めてで、胸がドキドキしてしまう。間近でこちらを見つめる漆黒の瞳をためらいながらも見返すと、リカルドは射抜くようにこちらを見つめてきた。

キラキラと濡れたように輝く、リカルドの瞳。

甘い感情を湛《たた》えたその瞳から視線を逸らすことができず、まるで魅入られてしまったように見つめていると――――。

「ひぃ――――!」

ひと際高く上がった花火の音にまぎれるように、突然弘樹の背後から悲鳴が聞こえてきた。

リカルドがさっと視線を動かして、その目をキュッと細める。

「……弘樹、伏せろっ」

叫んだリカルドに頭を手で押さえられ、デッキチェアに体ごと力任せに伏せさせられて、小さく呻いた。

いきなり何をするんだと抗議しようとした瞬間、テーブルに置かれていたシャンパングラスがパンと音を立てて砕け散る。リカルドが声を潜めながらも鋭く言う。

「頭を下げて、向こうのコンテナの裏まで逃げろ」

「な、に？」

「質問はなしだ。行けっ」

身を屈めたリカルドにドンと突き飛ばされ、デッキチェアから人工芝の敷かれた床に転げ落とされる。

リカルドが頭の位置を下げた瞬間、今度はテーブルにビシッと何かが突き刺さった。

一体何がどうなっているのか、デッキチェアの脚の間からリカルドが視線を向けたほうを覗いてみると、シャンパンを運んできてくれた給仕らしき人物が倒れているのが見えた。

そしてそこから僅かに視線をずらすと、道化師風の衣装をまとった男がこちらを向いて立っていた。

港から乗船してきて、先ほどパーティーでジャグリングのパフォーマンスをしていた男だ。男の手袋をした右手には――。

（……け、拳銃っ？）

銃撃されているのだと分かって、冷や汗が出る。派手な音がしないところをみると、映画などでよく出てくる、消音器《サイレンサー》とやらがついたものなのだろうか。

「何をしているっ！　言う通りに動け！　死にたいのかっ」

あまりのことに動けずにいたら、リカルドに怒鳴られてぐっと腕をつかまれ、引きずられるようにして大きなヤシの木の陰に連れていかれた。間髪入れず、今度は木の幹に弾が当たり始める。どうやら向こうは完全にこちらを狙っているようだ。

このままでは、殺される――――！

そう感じてパニックに陥りそうになっていると、リカルドが今度は、弘樹の体を抱くようにしてそこから連れ出し、庭園の隅にある金属製のコンテナの裏に駆け込んだ。

キンキンとコンテナに当たる弾丸の音に、悲鳴を上げてしまう。

「リ、リカルドっ、一体何がどうなってるんだっ！」

恐怖のあまり腕にすがりついた途端、リカルドが小さく呻いた。

ハッとして腕を見ると、リカルドのタキシードジャケットの左の二の腕辺りが裂け、じっとりと濡れている。出血しているようだ。

「リカルド、あんた撃たれたのかっ？」

「かすめただけだ。大したことはないさ」

リカルドが忌々《いまいま》しげに言って、懐から何か取り出す。

黒光りするそれが、弘樹が船に持ち込んだものよりもずっと大きく、ずっしりとした拳銃だったから、仰天してしまう。まさか応戦しようというのか。

常になく険しい表情を見せて、リカルドが命じる。

「ここにいろ、弘樹。絶対に出てくるな」

「でもリカルド、あんただって、怪我をしてっ……！」

止めようとしたけれど、リカルドは聞かず、さっとコンテナの裏から出ていく。

あとを追おうとしたけれど、ビシビシと弾丸が当たる音を聞いたら、もう身動きが取れなくなった。

（嘘だろ、こんなのっ……！）

手についたリカルドの血液の生々しさに、体がガタガタと震えだす。自分もリカルドに似たようなことをしようとしたのに、拳銃を向けられるのがこんなにも恐ろしいことだったなんて、思ってもみなかった。恐怖で胃がキュッと締めつけられる。

『こちらから回り込めっ！　シニョール・マルティーニを援護しろ！』

不意にガーデンデッキの入り口のほうから、鋭いイタリア語が飛んできた。事態に気づいて誰か駆けつけたのだろう。複数の足音と怒号とが聞こえた直後、今度はパンと破裂音がして、低く唸るような声が聞こえてきた。

まさかリカルドが撃たれたのではと、慌ててコンテナの陰から顔を出すと――――。

「……っ！」

弘樹のすぐ目の前の、海に面した高い手すりに、道化師姿の男が足を引きずるようにして駆け寄ってきた。

男が一瞬こちらを見たから、ゾクリと震え上がってしまったけれど、男はそのままひょいと手すりに上った。もしかして海に逃げようとしているのだろうか。

そう思った瞬間、花火の音に重なるように、パンパンと続けて二発銃声がした。

男の体がふわりと宙を舞い、そのまま海へと落ちていく。

『逃がすか！』

男がいた場所にリカルドの部下と思しき男が二人駆けつけ、夜の海へと拳銃を向ける。

あとからゆっくりと手すりまでやってきたリカルドが、冷たい口調で言い捨てる。

『……深追いするまでもない。放っておけ』

男は逃げてしまったのだろうか。あるいはもう――――？

震えながらそう思っていると、リカルドがこちらへやってきた。

「弘樹、怪我はないか？」

「俺のことより、あんたはっ？」

「大丈夫だと言っただろう？　これくらいかすり傷だ」

そう言ってリカルドが、拳銃を懐にしまう。

その顔には、どことなく陰惨な表情が浮かんでいる。

何やら凄みすら覚えるようなその表情からは、いつものリカルドの穏やかさが感じられない。ひょっとするとあの男を撃ったのは、リカルドなのだろうか。

内心身震いしながら、言葉もなくその顔を見つめていると、リカルドが男たちを振り返って命じた。

『給仕は殴られて気絶しただけだ。目覚めたら今の出来事を口外しないよう、きちんと言い含めておけ。それから私の部屋へ医者を。治療は部屋で受ける』

「部屋っ？　って、リカルド、何でっ……？」

「事を荒立てたくない。おまえも一緒に来い、弘樹」

リカルドが反論を許さぬような鋭い口調で言って、ポケットからハンカチを取り出し、口唇で端を咥えて手際よく腕を縛る。

そのままさっと歩きだしたリカルドに、弘樹はただついていくほかなかった。


（……何てひどい傷……！）

リカルドは大したことはないと言っていたが、銃弾は彼の左の二の腕を縦にかすめていた。傷を診た医師は、恐らくリカルドの息がかかっているのだろう。銃創を目にしてもさして驚きもせず、すぐに縫合が必要だと言った。そしてグランドスイート客室に最低限の手術道具を運び入れて、そのまま治療をすることになったのだ。

上半身を脱いでソファに体を預け、医師の手当てを受けているリカルドは、時折辛そうな顔を見せている。局部麻酔の注射を打たれてはいたがかなり痛みを感じている様子だ。リカルドがかばってくれなかったら自分が被弾していたかもしれないと思うと、今更のように恐ろしくなる。

だがリカルドは、あんなことのあとなのに思いのほか冷静な様子だ。もしやリカルドの生活は、ずっとこんなことの繰り返しなのだろうか――？

「そんな顔をするな、弘樹。こんな傷どうということはないさ」

「でも、撃たれたんだぞ？　やっぱりちょっと心配だ」

「心配……？」

弘樹の言葉の意味を考えるように小首を傾げてから、リカルドが続ける。

「おまえが心理的なことを言っているのなら、それは無用だ。私は元々こういう世界に生きている。おまえには分からない世界だ」

「それは、そうかもしれないが……」

そんなふうに言われると、おまえとは住む世界が違うと言われたようで哀しい。

人の気持ちにそう違いなどないはずだし、自分がもしもリカルドの立場にあったなら、きっと彼のように平静ではいられないだろう。ひたすら恐怖に怯え、ビクつきながら暮らしているに違いない。

そう思うと、やはりリカルドのことがひどく心配になってくる。

（……でも、彼はマフィアだぞ？）

実弾の入った拳銃を携帯し、必要とあらば躊躇《ちゅうちょ》なく敵を撃つ。

そんな姿を目の当たりにして、住む世界が違って哀しいとか、心配だなどと思うのは、考えてみたらおかしなことだ。彼がこれまで命を狙われるような生き方をしてきたのであれば、同情の余地などないではないかと思わなくもない。

なのにどうしてなのか、リカルドに対してそんなふうに思うことができない。マフィアを憎く思っていたのに、何故――。

自分の気持ちに戸惑いながらも、黙ってリカルドを見つめていると、リカルドがふと思い立ったように言った。

「弘樹、何か弾いてくれ」

「え……？」

「おまえのピアノが聴きたい。何か心慰められるような、そんな曲を弾いてくれないか」

「あ、ああ。分かった」

リカルドがそんなリクエストをしてきたのは初めてだ。

弘樹はさっと立ち上がり、グランドピアノのところまで歩いていって、鍵盤の前に座った。先ほどまで長時間ピアノを弾き続けていたというのに、鍵盤を前にすると心が沸き立つような気持ちになる。

でも今は、明るく陽気なナンバーよりも、穏やかで安らぐような楽曲がいいだろう。このピアノの音色なら、ジャズよりもクラシックのほうがいいかもしれない。

弘樹は少し考えてから、この前ここでリカルドが弾いていた、ベートーベンのピアノソナタ『月光』を弾き始めた。

「……ふふ、さすがはプロだな。私が今何を求めているのか、よく分かっている」

ピアノに向かう弘樹の背後から、リカルドの満足げな声が聞こえてくる。

どうやら選曲を気に入ってくれたようだ。弘樹は努めてゆったりと、おおらかな気持ちで鍵盤を叩いた。

（心慰められるような曲を、か……）

マフィアの一族の血を引き、いつも泰然としていて、心乱れた様子など見せないリカルド。

血腥《ちなまぐさ》い銃撃戦のあとでも冷静にその場の状況を収め、事もなげに振る舞う彼は、本当に自分とは違う世界の住人なのではないかと思える。

けれどその一方で、彼は音楽芸術に親しみ、自ら認めたアーティストをスカウトして、活動の場を与えるようなこともしている。

そしてそれは彼のビジネスのためというよりは、彼自身が心を動かされたものを大切にしたいという、そんな気持ちからしていることのように思えた。

まるで生き馬の目を抜く世界の中に、小さな幸福を見出すかのように。

もしかしたら彼は、その自信に満ちた立ち居振る舞いや人となりから想像するよりもずっと孤独で、常に慰めを必要としているのではないだろうか――。

何となくそんなふうに思って、ざわざわと気持ちが揺れるのを感じたそのとき。

不意に、ピアノを弾く弘樹の体を誰かが後ろからそっと抱き締めてきた。驚いて振り返ると、間近にリカルドの顔があった。

演奏している間に傷の手当ては終わっていたようで、部屋には医師も部下もいない。包帯が巻かれた腕からは、微かに血の匂いがしてくる。

「弘樹……」

かすれた声で名を呼ばれ、その弱々しさに驚く。

傷が痛むのではないかと心配になり、横になっていたほうがいいと言おうとしたけれど、こちらを見つめる目にどことなく切なげな、不安を感じているかのような色が見えたから、出かかった言葉をのみ込んだ。

リカルドがそんな顔をするなんて、意外だ。

「リカ、ルド？」

「先ほどは、おまえを目の前で失うのではないかとひどく焦った。おまえが無事で、本当によかった」

そう言ってリカルドが、弘樹の肩に顔を埋める。体を抱くリカルドの腕は、心なしか震えているようだ。

心配は無用だと言っていたけれど、リカルドはやはり、少し弱い気持ちになっているのかもしれない。弘樹は安心させるように言った。

「俺は大丈夫だよ、あんたが助けてくれたから。何も心配はいらない」

「だが、怖い思いをさせただろう？」

「それは、そうだが……」

「おまえを守ることができてよかった。おまえが撃たれるようなことになっていたら、私は……！」

リカルドが焦れたような声で言って、顔を上げる。こちらを見つめるまなざしに思いつめたような強い情念を感じ、ハッとした瞬間。

リカルドがぐっと顔を寄せてきて、弘樹の口唇に彼のそれを重ねてきた。

「……ん……！」

いきなりのことに驚いて、目を見開いてしまう。

何度も体を抱かれてはいるけれど、最初の晩に睡眠薬を口移しで飲まされたときを除けば、リカルドにキスをされたことはなかった。それがどうして急に――――？

「ん、ぅ……」

弘樹の口唇を舌でなぞるようにして、リカルドがキスを深めるように迫ってくる。

肉厚で熱い舌の感触にほんの少し怖れを抱き、直感的に逃れなければと思ったけれど、リカルドは今、ひどい怪我をしている。

下手に抵抗するわけにもいかず固まってしまうと、リカルドが弘樹の下顎にそっと手を添えて、優しく口唇を開かせてきた。

無防備な弘樹の口腔に、リカルドの舌がスッと滑り込んでくる。

「……ぅ、ん、ふ……」

舌を絡めて吸われ、上顎や舌下をまさぐるように舐められて、くらくらと意識が揺らぎそうになる。

抑えてはいるけれど、熱っぽく奪うようなキス。

恋人でもない、しかも男性から、こんな情熱的なキスをされたのは初めてだ。上手くキスに応じることができず、息が詰まりそうになって、ウッと喉で唸ってしまう。

するとリカルドが、ゆっくりと口唇を離した。だが体は離さず、そのままこちらをいとおしむような目で見つめてきたから、ドキリとさせられる。

温かな情愛に満ちたその目は、まるで恋人を見るようだ。それは先ほどガーデンデッキでこちらに差し向けられた視線と同じように、弘樹を惑わせる。

リカルドはやはり、弘樹に想いを抱いているのではないかと。

——男に想われても、どうしたらいいか分からない。

先ほどのガーデンデッキでは、弘樹は確かにそう思ったし、男の想いを受け入れ、男と恋愛している自分などとても想像できない。体を抱かれているからといっていきなりそういう嗜好《しこう》になるということだって、到底あり得ないはずだ。

なのに——。

(俺はこの目を、逸らせない)

弘樹を抱き、甘いキスをし、こんなふうに熱っぽい目で見つめてくるリカルド。

その顔を見返しているだけで、弘樹の胸はドキドキと高鳴ってしまう。リカルドの視線に五体を刺し貫かれ、そこから彼の情念が体内に流れ込むように感じて、欲望まで反応してしまいそうだ。男相手にこんなふうになるなんて、まさか思いもしなかった。

もしかしたら、何度も体を重ねているうちに身も心も反応するようになってしまったのだろうか。リカルドの手管《てくだ》に、知らぬ間に搦め捕られてしまったのか——？

そう思うと、何やら妙な焦りを覚えてしまう。

元々一人の男としても、そしてピアニストとしても、誰かに心まで支配され、その下に庇護《ひご》されるような立場は弘樹の望むところではない。まして恋愛だなんて、とても考えられない。

弘樹は動揺のあまり、思わずはねつけるような声で言った。

「リ、リカルド……、キスなんて、するなよ！」

「……弘樹？」

「あんたとはビジネスの関係だ。そう言ったのは、あんたのほうだろっ？」

弘樹は言って、リカルドの顔を見据えた。

「助けてもらったのは感謝してるし、俺のことを本当のパトロンみたいにサポートしてくれるのもありがたいと思ってる。けど俺は、あんたと恋愛する気はない。たとえこの船の上だけの戯れだとしてもなっ」

冷たく聞こえてしまうだろうかと思いながらもきっぱりとそう言うと、リカルドはしばし黙って、こちらの言葉を吟味《ぎんみ》するように見つめてきた。

それから小さく吐息を洩らして、すっと弘樹から体を離す。

そしてどこか苛立ったような顔をして、つぶやくように言った。

「やれやれ、私も焼きが回ったようだな。まさかおまえのほうから釘《くぎ》を刺されるとは」

「え……？」

「おまえは正しいよ弘樹。私がどうかしていたのだ。おまえの言う通り、撃たれて少し心が動揺していたのかもしれんな」

そう言ってリカルドが、口の端に薄い笑みを浮かべる。

「まあいいさ。そこまでわきまえているのなら、せいぜいビジネスに徹してもらうとしようか。きっとそのほうが楽だろう。お互いにな」

リカルドの言葉に微かな皮肉の色を感じて、ヒヤリとしながらその顔を見返す。リカルドが弘樹の蝶ネクタイをシュルッと緩めて、艶めいた声で言う。

「タキシードを脱げ、弘樹。そしてベッドへ行くのだ」

「なっ？　で、でもあんた、怪我してるのにっ……！」

「そうだ。だからおまえが奉仕するのだよ」

リカルドが言って、クッと喉で笑う。

「私を慰めろ。おまえのピアノのように、いやそれ以上に官能的な、その体でな」


「ん、ん……、ン……」

グランドスイート客室のリカルドの寝室に、濡れた吐息と水音とが聞こえている。

「もっと舌を使え、弘樹。男同士、どこをどうすれば昂ぶるかくらいは分かるだろう？これでは到底、私を満足させることなどできないぞ？」

「……っ」

「ふふ。悪くないよ、おまえにこれをさせるのは。もっと早くからやらせればよかった。そうしているおまえの顔も、なかなか色っぽいからな」

からかうようなリカルドの言葉に、カッとこめかみが熱くなる。屈辱感に体が震えそうだ。

（クソ……！　こんなこと、させるなんてっ）

弘樹は全裸でベッドの上に跪《ひざまず》き、スラックスの前を僅かに寛げたリカルドの下腹部に顔を埋めて、彼を口で愛撫させられていた。リカルドはクッションに背を預けて、どこか嗜虐的な目をしてそれを眺めている。

まるで売春婦か何かのような、こんな行為を強《し》いられたのは初めてだ。ビジネスの関係だと言ってはみたけれど、こんなふうにしてそれを思い知らされると、今更ながら哀しい気持ちになってくる。先ほどは切なげな様子すら見せていたリカルドなのに、結局弘樹のことをセックスの道具くらいにしか思っていなかったのだろうか、と。

でも思い返せば、リカルドは今まで、決して独りよがりなセックスはしなかった。最初は拘束されたりしたし、ほぼ毎日のように貪欲に体を求められていたけれど、どちらかといえば己が欲望を満たすというよりは、弘樹に快楽を与えたがっているような、そんな抱き方だった。

さして恋愛経験が豊富なわけではないが、これまでの経験からいって、誰かをそんなふうに抱くのはそこに欲情以上の想いがあるときだ。ずっと見え隠れしていたリカルドのそんな想いを、自分は素直に受け取れずにいたのかもしれないと、そんな気がしてくる。

もしや弘樹は、リカルドを傷つけてしまったのだろうか。

リカルドに図らずもときめいてしまった自分に焦っていたとはいえ、弘樹の言葉は気遣いがなさすぎた。誰だって憎からず思っている相手にあんなふうに言われたら、いい気はしないだろう。

でも、それなら一体どう言えばよかったのか。

男に甘く見つめられ、キスをされて胸が高鳴ってしまっても、その想いをすんなり受け入れられるような度量は自分にはないし、そうかといってビジネスに徹しろと言われても、こんな「奉仕」をさせられるのはひどくやるせない。

自分の言葉のせいでこんな事態になってしまったことに悔しい気持ちになりながら、ひたすらリカルドを舐っていると――――。

「手を出せ、弘樹」

不意にリカルドが、低く命じてきた。

どうして、と疑問に思いつつも、リカルドのほうへ片手を伸ばすと、リカルドがサイドテーブルの引き出しからガラスの瓶を取り出した。

それはいつも行為のときに使っている、潤滑用のジェルだった。中身を弘樹の手のひらにトロトロと垂らし、そのまま弘樹の後ろへと誘導して、リカルドが更に命じてくる。

「自分でここを馴らせ。もうできるはずだ」

(自分でっ……?)

まさかそんなことを命じられるとは思いもしなかった。リカルドを口に咥えたまま、瞠目してその顔を見上げると、リカルドがクッと笑った。

「やるんだ弘樹。その手でそこを開いてみせろ。私を奥の奥までのみ込めるようにな」

そう言うリカルドの口調は、冷たい響きをしている。もしや傷つけたどころか、怒らせてしまったのだろうか。

これを拒んだら、また何か脅すようなことを言われるかもしれない。とにかくここは言う通りにしなければ。

弘樹はそう思い、目を閉じて恐る恐る自らの後孔に指を這わせた。

「……ん、んっ……」

自分でそこに触れたのは初めてだ。

窄まりはキュッと締まっていて、とても指など入りそうもない。けれど、ジェルで濡れた指先で外襞をくるくると撫でているうち、そこがほんの少し綻《ほころ》んだのが分かった。

リカルドが察したように言う。

「まずは一本、ゆっくりと沈めろ。馴染んできたら二本目を。さあ、やるんだ」

「んん、ぅ……！」

命じられるまま、中指をつぷっと沈めてみると、微かに引きつるような痛みが走った。

中は思ったよりも狭いようだ。今は弘樹の口腔にあるリカルドの巨大な雄を、これからここで受け入れるのだと思うと、恐れを抱いてしまう。

「どうした。早く指でそこを解《ほぐ》せ。準備なしに体を繋げば、おまえは苦痛に苛まれることになる。怪我をしたくはないだろう？」

露悪的な口調に震え上がる。そこに怪我をしたら、ピアノだって弾けなくなるだろう。何としても解さなければと焦って、弘樹は指で中をくるりとまさぐった。

すると内壁が微かに反応して、やわやわと指に吸いついてきた。試しに指を抜き差しするように動かすと、中が柔らかく解《ほど》け始める。

抱かれることに慣れた体は、存外に柔軟なようだ。

そんな自分の体に羞恥を覚えつつも、指をもう一本増やすと、今度は先ほどよりもスムーズに中に沈んでいった。リカルドが忍び笑うように言う。

「上手だ、弘樹。だが口が留守だぞ？　もっと気を入れて咥えろ」

淫猥な声に鼓膜を嬲られ、恥辱感を覚える。リカルドとこんなふうにするのは嫌だと、そう訴えたくなってくるけれど、今更そんなふうにも言えない。ひどく哀しい気持ちになりながらも、必死で指を動かして後ろを解し、喉奥までリカルドを咥え込んでちゅぷちゅぷと吸い上げていると、やがて後ろからも淫らな水音が立ち始めた。

ふっと息を一つ吐いてから、リカルドが言う。

「……そろそろ、いいだろう。そのまま私の上に跨《また》がれ、弘樹」

欲情を露《あら》わにした声で命じられ、ゾクリと震えた。いつもさほど乱れることのないリカルドなのに、今日は随分と昂ぶっているようだ。

のろのろと後ろから指を引き抜き、リカルドから口唇を離してそそり立つ彼自身を見やると、そのボリュームは息をのむほどだった。こんなにも大きな熱杭に体を貫かれるのだと思うと、戦慄してしまう。

「何をしている。さっさと来い。おまえの後ろでこれを咥え込んで、腰を振って私を慰撫するのだ。できるだろう？」

リカルドが言って、冷徹な目でこちらを見つめてくる。そんな目で見つめられ、恥ずかしい行為を強要されるなんて、何だか惨《みじ》めな気分になってくる。

でも、ここまできて行為を拒むことなどできないだろう。弘樹は泣きたい気持ちを抑えて体の位置を動かし、リカルドの腰の上を跨ぐように膝をついた。そうしてリカルドの幹に手を添えて後孔に先端をあてがってから、ゆっくりと腰を落としていく。

「う、くっ……、は、あっ」

馴らし方が甘かったのか、それともリカルドが育ちすぎているのか。

切っ先を受け入れた途端、後ろに微かな痛みが走った。自分ではそこを見られないだけに、怪我の不安が心をよぎる。眉を顰めた弘樹に、リカルドが命じる。

「体の力を抜け。そんなにガチガチでは、中が裂けてしまうぞ？」

「ん、んっ、分かっ、てっ」

言われていることは分かるのだが、彼の上に座るのは初めてだから、なかなか上手く受け入れられない。自分のテクニックが貧弱なこともあるだろうが、やはり今までの行為では、弘樹は時間をかけて丁寧に体を開かれ、力を加減して抱かれていたのだと気づかされる。

まるで恋人に愛されるように。

「よし、入ったな。では動け。私を満足させろ」

どうにかリカルドを全て受け入れたところで感情のない声で命じられて、ヒヤリと心が寒くなる。屈辱的な奉仕をさせられ、彼の上に跨がらされて尻を振らされるなんて、もう愛人どころか性奴隷か何かのように扱われているみたいで、まなじりが潤みそうになる。

でも、やらなければ。リカルドとはそういう関係なのだから――――。

弘樹はゴクリと唾を飲んで覚悟を決め、ゆっくりと腰を揺すり始めた。

「ん、ふっ、うぅ」

自分から動いたのなど初めてだ。リカルド自身をぎちぎちに嵌め込まれた内腔は抽挿のたび軋《きし》むようで、怪我をするのではとまた少し不安になる。

けれど、散々リカルドに抱かれてきたせいか、弘樹の体はすぐに雄に順応し始めた。したたかなボリュームに内壁を擦られ、奥までぐっと押し広げられて、内襞がヒクヒクと蠢動する。中で快感を拾ったのか、弘樹自身もゆっくりと勃ち上がり、先端にはジワリと透明液が滲んでくる。

気持ちとは裏腹に、体は知らず淫らな反応を見せてしまうようだ。

全身にじっとりと淫蕩《いんとう》の汗を浮かべながら、ただひたすらに腰を揺する弘樹を、リカルドが淫猥な目で眺めて、楽しげに笑う。

「ふふ、すっかり男を味わえる淫らな体になったな。中が甘く潤んで、私にピタピタと吸いついてくる。まるでおまえの後ろにしゃぶられているようだ」

「つ、な、こと……」

「前もこんなに硬くして、いやらしく蜜まで溢れさせているじゃないか。ほら、自分で触れてみろ弘樹」

「ん、やっ……」

リカルドに手首を取られて前に持っていかれ、屹立《きつりつ》した己自身を握らされて、頬が染まってしまう。そこはとても硬く、熱くなっていて、確かな欲望を主張している。弘樹の手ごとリカルドに欲望の幹をつかまれ、そのままぐいぐいと扱かれたら、上ずった声が洩れた。

「ん、はぁっ、や、そん、なっ、やめっ……！」

自ら尻を振らされた上に前まで弄らされて、羞恥に首を振るけれど、甘い快感に嬌声が止まらない。内と外から苛まれて、体が蕩《とろ》けてしまいそうだ。

リカルドがクスクスと笑って言う。

「いつになく素直な反応だな、弘樹。前を弄ると後ろの滑りが良くなる。ほら、分かるだろう？」

「はあっ、あん、やぁ、ああっ」

前を握る手をキュッと絞られ、僅かに腰を使われて、上体がビクビクと跳ねる。

手の動きはもちろん、抽挿もいつもよりもずっと緩やかなのだけれど、体は確かに今までよりも敏感で、淫乱な反応を示している。自分の手で前に触れ、自ら腰を動かしている卑猥さがそうさせるのだろうか。こちらを見上げるリカルドの、まるで弘樹を目で犯してくるかのような淫靡な視線にも煽られ、内腔の奥もジクジクと熟れていくようだ。

緩慢な抽挿が、次第に物足りなくなってくる。

「ん、ふっ、あぁ、あっ」

たまらず、弘樹は自ら手を動かして、同じリズムで腰を大きく振った。

呆気なく放埒の兆しが迫ってきたから、そのまま快感を追い、上りつめていこうとしたのだけれど――――。

「っ……？　リ、リカルド、何をっ？」

不意にリカルドが、弘樹の手を包んでいた手を幹の根元に移動させ、そこをギュッと押さえてきた。抽挿もやんでしまったから、絶頂へと向かう流れが遮断される。驚いて顔を見つめると、リカルドが艶っぽい目でこちらを見返して言った。

「まだだよ、弘樹。このまま終わらせてしまうのは惜しいからな」

「なっ……？」

「おまえが乱れる様を、もっと見たい。手と腰を動かして、自分で達してみろ」

「そ、そん、なっ……」

欲望を押さえて自慰みたいなことをさせようなんて、一体どれだけこちらを辱めるつもりなんだとカッと羞恥にかられる。

けれど、きっとそれをしなければリカルドは弘樹を解放してくれない。どれだけ哀願しても、達かせてすらもらえないだろう。その辛さを想像すると泣きたくなる。

そんなふうに感じるなんて、すっかりリカルドに飼い馴らされたようで、男として情けなくもなってくるけれど。

（……でももう、今更、か）

散々啼かされ、喘がされてきた。今更男の矜持がどうのと思ってみても、意味などないのかもしれない。

それよりも、むしろ底なしの快楽に堕ちきってズブズブに溺れてしまうほうが、ずっと楽なのではないだろうか。リカルドの態度や言動に恋情の色を見出して、図らずも心を惑わされたりしてしまっている、今の弘樹にとっては――。

爛《ただ》れた劣情に蕩けかかった頭でそう思い、命令通り欲望を扱いてみると、信じられないくらい強い快感が走った。

その感覚に引きずられるように、弘樹は腰と手とを動かし始めた。

「んん、ふぅっ、はあ、あ」

はしたない自慰の強要。

しかも前をせき止められて射精を許されぬまま、腰まで振らされるなんて、恥ずかしすぎてどうにかなりそうだ。

けれど前を押さえられているせいか、中の感覚がぐっと鋭敏になったようで、腰が僅かに揺れただけで背筋が痺れてしまう。達くに達けない鈍い責め苦それ自体も被虐的《ひぎゃくてき》な快楽を生み出すようで、徐々に意識が濁《にご》って、恍惚《こうこつ》となってきた。

半ば酩酊状態に陥りながら、こちらを見上げるリカルドの目を見返せば、そこには嗜虐を楽しむような妖しい欲情の色が浮かんでいて、彼もひどく昂ぶっているのが感じられた。

まるで征服者の剣のような、リカルドの鋭い眼光。

その切っ先に刺し貫かれ、漆黒の瞳の中に淫らな快感に酔った己の顔を見出したら、もう何か考えることすらもできなくなってきた。

自ら溢れさせた蜜液で濡れそぼった欲望を激しく摩擦《まさつ》し、ぬちゅぬちゅと濡れた音が立つほどに、大きく腰をグラインドさせていくと――――。

「あぁっ、ひ、ぃっ――――」

突然視界が真っ白になって、ふうっと意識が遠のいた。

続いて全身に電気が流れたような衝撃が走って、体がガクガクと痙攣する。

今までに感じたことのない、深く強烈な快感。

だが前はリカルドに押さえられたままで、吐精はしていない。

何が起こったのか分からず、長い快感に息もできぬまま打ち震えていると、リカルドが満足そうな笑みを浮かべてうっとりとこちらを見つめてきた。

そうして淫猥な口調で訊いてくる。

「……達ったのか、弘樹？　どうだ、ドライで達した感想は」

「……ドラ、イ……？」

「射精を伴わないオーガズムだ。鮮烈だっただろう？」

そう言ってリカルドが、楽しげな目をする。

言葉の意味を理解できないまま、うろんな目でリカルドを見つめていると、やがて絶頂の波が引いて力を失った弘樹の体が、ガクンと前のめりに倒れた。

小刻みに震える弘樹の体を優しく胸に抱きとめて、リカルドが艶やかな声で囁く。

「おまえの体は本当に官能的で、たまらなく甘い。おまえのピアノ同様、味わうたびに酔い痴れてしまいそうだ」

そう言ってリカルドが、独りごちるように続ける。

「それだけで充分だと、そう思っていたのにな……。己が貪欲さには呆れるばかりだ」

「……？」

リカルドの言葉にどこか自嘲的な響きを感じたから、絶頂の余韻でまともに焦点の合わぬ目でその瞳を見つめる。

リカルドが薄い笑みを浮かべてこちらを見返し、どこか切なげな声で言う。

「……だが、今は何も考えずひたすらおまえを抱いていたい。おまえの音色を聴いていたい……。私はただ、おまえに溺れていたいのだ、弘樹」

（リカ、ルド……？）

リカルドの口調からは、何か胸中深くに秘めた熱情のようなものが感じられ、その滲み出す情念の強さにおののいてしまいそうになる。

だがそれは、弘樹を支配したいとか思い通りにしたいとか、そういう思いとは異質のもののように感じられる。もっと弱々しい感情から発せられた祈りのような想いだ。

そのあまりのはかなさに、心が切なくなってくる。

銃撃をよくあることだと事もなげに振る舞いながらも、弘樹に心慰められるような曲を弾いてくれと、そう言ったリカルド。

弘樹をいとおしむような目で見つめて、熱っぽいキスを寄こすリカルド。

傲然と振る舞いつつも、ただ弘樹に溺れていたいと告げるリカルド。

それらは全て、常に泰然と振る舞い続ける彼の心の裏側を表しているように思えてくる。

やはり彼は孤独なのだろうか。だから弘樹の体やピアノを求めるのか。本当はそれでは充分でなく、弘樹にそれ以上のものを求めていることまでも、自覚しながら――――？

「……っあ、あぁ……！」

弛緩した体に下から楔を穿《うが》たれて、緩い思考を破られる。

まだ爆《は》ぜていない体内の凶器は鋭く深く弘樹を抉って、心までも突き通してくるようだ。ドロドロに濁った意識が更に掻き回されて、欲情に体ごとのみ込まれていく。

まともな思考など、もう続くわけもなかった。

リカルドの二の腕の包帯に微かに赤い血が滲んでいるのを見ながら、弘樹は体を揺さぶられ続けていた。

花火にまぎれたその夜の銃撃戦は、幸い他の乗船客たちには気づかれなかったようで、『オーシャンブリーズ』号は翌朝何事もなかったかのようにリスボンの港を出港した。

そしてその翌日には地中海に入り、スペインのバレンシア、バルセロナ、フランスのマルセイユと、一週間ほどかけて順調に日程通りに寄港し、今朝方早くにイタリアのジェノバに入港したところだ。

さんさんと降り注ぐ明るい陽光の下、弘樹は船のタラップに立って港の風景を見回した。

「どうした弘樹。早く下りてこい」

タラップの下からリカルドに声をかけられて、慌てて階段を下りる。

街へ行くから一緒に来いとリカルドに命じられ、弘樹はほぼ三週間ぶりに船を降りることになったのだ。

しばらくぶりの陸地の感触にはさほど感慨はなかったが、地中海岸の夏の風はカラリとしていて、少し懐かしさを覚える。特にジェノバは、まだ母が存命だった幼いころに家族でバカンス旅行に来た思い出の場所だ。

リカルドに促され、タラップの下に横づけされた車の後部座席に乗り込むと、車はほどなく発車した。離れていく『オーシャンブリーズ』号はさながら巨大建築物のようで、振り返って見てみてもすぐには全体を視界に捉えることができないほどの大きさだ。

弘樹は隣に座るリカルドに向き直り、声をかけた。

「……それで、リカルド。そろそろどこへ行くのか聞かせてくれないか」

「ん……？　ああ、私の別荘だよ」

「別荘？」

「そうだ。おまえのピアノを聴かせたい相手がいる」

（ピアノ、か……）

何となく想像していた通りだったから、少しホッとする。だが同時に、どことなく残念だなと思う気持ちも浮かんできたから、弘樹は慌ててリカルドから視線を逸らした。

銃撃されたあの夜から、一週間。

リカルドはほとんどグランドスイート客室から出てくることはなく、またあれきり弘樹を部屋へ呼ぶこともなかった。

表向きは体調不良ということになっていたから、怪我が思ったよりもひどかったのだろうかと心配していたのだが、こうして会ってみればどこも具合が悪そうではなく、いつものリカルドと変わらない。

けれど弘樹に対する態度はどこかそっけなく、話し方も冷たくはないが一線引いたような雰囲気だ。今までがどちらかといえばベタベタと迫ってくるような感じだったから、何となく調子が狂う。

もしかして、弘樹が「恋愛する気はない」と言ったことが、まだ微妙に響いているのだろうか。

（……でも別に、それならそれで、いいはずなのに……）

パトロン然と振る舞うリカルドの、弘樹への「それ以上の」想い。

あの夜、その片鱗《へんりん》を垣間見たのは確かだけれど、リカルドはそれを明確な言葉にしたわけではなかった。

弘樹はあれ以降もナイトクラブでの仕事を続けているし、リカルドから、ニューヨークの彼のクラブへの出演やジャズイベントの仕事なども打診されているから、このクルーズのあとも、リカルドは弘樹を支援してくれるつもりがあるのだろう。弘樹のピアノを評価してくれているのは変わらないようだし、元々ビジネスと言っていたのだから、艶っぽいところのない落ち着いた関係になれるのなら、それは弘樹にとってはいいことだ。

なのに、何となく気持ちが落ち着かない。

その理由を考えようと思うのだけれど、心のどこかからそうしないほうがいいという声も聞こえてくる。自分の気持ちが、よく分からなくて――。

そんなふうにあれこれと考えていたら、ジェノバの市街地から北へと抜けて山際のほうへと向かっていた車が、細い坂道を上り始めた。

なだらかな斜面に続くオリーブ畑と広葉樹の林を抜けて行き着いた先には、重厚な門扉に閉ざされた大きな屋敷がそびえ立っていた。

(え……)

屋敷を囲む塀の高さと、その上に張り巡らされた鉄条網に驚かされる。

まるで刑務所か収容所のようだ。門柱の上にあるこれ見よがしな監視カメラからも察するに、かなり厳重な警備が敷かれているようだった。

門の中へ車を入れさせながら、リカルドがぽつりと言う。

「ここは、私が子供時代によく家族で過ごした別荘なのだ」

「そうなのか……？　随分、物々しいが」

「門や塀は近年設置されたものだよ。母屋《おもや》は十七世紀の貴族の別宅だった建物で、十九世紀に建てられた離れもある。今はその離れに、私の母が暮らしているのだ」

「お母様が……、そうか」

門を入ってすぐの広大な前庭に、車が停まる。

弘樹はそのまま、リカルドに連れられて前方左手の離れへと入っていった。織りの美しい絨毯《じゅうたん》が敷かれた階段を上りながら、リカルドが秘密めかした声で言う。

「弘樹、一つ約束して欲しい」

「何だ？」

「ここで何を見ても、おまえはピアノだけに集中してくれ」

「……え……」

何となく、不安になるような言い方だ。どういうことかと訊こうとしたが、リカルドは歩を緩めず離れの二階へ上がり、廊下をどんどん歩いていく。

廊下の突き当たりまで行き、奥の部屋のドアを開けると――――。

（……ここは、ボールルームか何かか？）

豪奢《ごうしゃ》な壁紙と艶やかな板張りのその部屋は、かつては貴族の集う舞踏室だったのだろうと思わせるような煌びやかなサロンで、そこには古いグランドピアノと、それから車椅子に座った初老の女性が独りだけ待っていた。

「いらっしゃい、あなたがピアニストさんね？　日本から遠路はるばるようこそ！　リカルドも、よく帰りましたね！」

日本語でこちらに声をかけてきた車椅子の女性の目元は、リカルドのそれとよく似ている。この人がリカルドの母親なのだろうか。

「ただいま帰りました、お母さん」

リカルドが言いながら、女性の足元に屈んでその手をそっと握る。女性がニコリと微笑んで言葉を返す。

「お帰りなさい、リカルド。本当によく帰ってきたわねえ。お仕事はどう？」

「順調です」

「それは何よりだわ」

女性が言って、後ろを振り返りながらイタリア語で続ける。

『でも、もう少し頻繁《ひんぱん》に帰省してくれないと、皆寂しくなっちゃうわよ。ね、あなた？　それに、お兄ちゃんたちも？』

にこやかな笑みを浮かべて、女性が言う。

だがそこには誰もいない。弘樹は奇異の念を抱きながら、チラリとリカルドの顔を見た。リカルドがこちらを見返して言う。

「私の家族を紹介するよ、弘樹。母の百合絵《ゆりえ》と、父のダンテ。そして異母姉のアダとカーラ。それから向こうにいるのが異母兄のジャコモとグイドで――」

（……何を、言ってるんだっ？）

百合絵と呼ばれた母親以外、そこには誰もいないのに、リカルドがあたかもそこに家族がいるかのように弘樹に紹介していくから、ちょっと尋常でない雰囲気に面食らう。先ほどリカルドが言っていたのは、このことなのだろうか。

「彼は、マエストロ鳴瀬秀介の息子さんの、弘樹です。ジャズピアニストに転向する前は、パリの音楽院《コンセルバトワール》に通っていたこともあるそうですよ？」

「そうでしたの！　ピアノの生演奏なんて、本当に久しぶりだわ！　早速よろしいかしら？」

「……は、はい、もちろん。あの、でも何を？」

「おまえのレパートリーを聴かせてくれればいいよ、弘樹。もちろんクラシックも含めて。ここにいるみんなの、リクエストを募ってもいい」

リカルドが言いながら、弘樹をピアノの前へと連れていく。

そして椅子に座らせながら、小声で囁く。

「……弘樹。私はこれから母屋のほうで人と会う約束がある。おまえはここでピアノを弾いていろ」

「え、で、でも……」

「一階にメイドがいる。何かあったら呼び鈴を使え。決して母屋のほうへは近づかぬこと。分かったな？」

事務的な声音で言って、リカルドが離れていく。そのまま百合絵のところに戻って、すまなそうに言う。

「すみません、お母さん。仕事の電話を一本入れてこなければなりません。先に始めていて下さい」

「もう、しょうがないわね。早く戻ってきてね？」

百合絵がそう言うと、リカルドは笑みを返して、そのまま部屋を出ていってしまった。

『……凄い！　本当に素敵だわ、ねえダンテ？　アダとカーラも、ピアノをずっと続けていたらよかったのに。そうしたら今ごろは、彼のように弾けたかもしれないわよ？』

ジャズのスタンダードナンバーから、バッハやモーツァルトといった古典、更にはサティやガーシュインまで――。

弘樹は、百合絵と彼女にだけ見えている家族のリクエストに応えて、様々な楽曲を弾いた。選曲は古今東西多岐《たき》にわたっていて、リカルドが時折垣間見せる音楽的な造詣《ぞうけい》の深さは、きっとここで培われたのだろうと弘樹は感じた。

それにしても。

(幻覚を見ているのか?)

弘樹には見えない人間と、あたかもそこにいるかのように会話し、楽しげに笑う百合絵。話を聞いているうち、時事的な話題の古さから、彼女と彼らの時間はどうやら数年前で止まっているようだと分かった。リカルドも家族を亡くしたと言っていたから、彼女はたぶん、それ以来ずっとこうなのだろう。リカルドがパリで音楽院の教授にした相談事というのも、あるいはこのことなのかもしれない。

彼女が明るく笑い、幸福そうに話せば話すほど、こちらは何とも痛ましい気持ちになる。家族を失うことは誰にとっても辛く、哀しいことだ。

でもそれは、リカルドも例外ではなかったはずだ。

きっとだからリカルドは、由香とカルロの死の原因を調べてくれたのだろう。彼らの突然の死で弘樹が受けた精神的なダメージを、理解してくれていたから。

それだけでも、とてもありがたい気持ちになるけれど。

（リカルドは、ここでピアノを弾かせてくれた）

敵が多いと言っていたリカルドにとって、この場所は弱点となるはずだ。だからこそ物々しく警備されているのだろうし、誰かを呼び入れることもそれほどはないのだろう。

そんな場所に迎えてくれ、大事な家族のためにピアノを弾く大役を任せられたなんて、ピアニストとしてというより、一人の人間としてリカルドに信頼されている証のように思えて、嬉しくなってくる。

このところ何となくそっけない態度だと思っていたけれど、リカルドが弘樹のことを理解し、信頼してくれているのは確かなようだ。

その上彼は、弘樹にそれ以上の想いも抱いているようで――――。

「……ああ、そういえば、リカルドが戻ってきていないわね。あの子は何をリクエストするかしら？　弘樹さん、あなたあの子の好きな曲は、当然ご存じなのよね？」

知らずほんの少し甘い気分になりかけたところを、百合絵の言葉に引き戻されてドキリとしてしまう。別に親密な関係だと思われているわけではないと思うが、気恥ずかしい気持ちになる。

誤魔化すように、弘樹は笑った。

「え、ええ、一応。では、彼の好きそうな曲を……」

そう言って、呼吸を整える。そうしてゆったりと、『月光』ソナタを演奏し始めた。

すると――。

突然百合絵が、ヒッと息を詰まらせたように呻いた。

驚いてそちらを見ると、百合絵は目を見開き、両手を口元に当ててガタガタと震えている。いきなりどうしたのだろう。

弘樹は演奏を止めて、気遣うように訊いた。

「あ、あの、大丈夫ですか？」

『……嫌……、ダンテ、ジャコモ、皆……！　嫌、嫌ああ――！』

叫ぶなり、百合絵がはあはあと激しく呼吸をし始めた。体を大きくそらし、目を見開いてあらぬ方向を凝視しているその様子に、こちらも動転してしまう。

「ど、どうしたんですっ？」

とっさに駆け寄ったけれど、百合絵の体は痙攣したように震えている。

もはや正気ではないようだ。慌てて呼び鈴を鳴らした瞬間、百合絵にぐっと腕をつかまれた。

「リカルドッ！　リカルドはどこっ？　あの子は無事なのっ？」

「お、お母様、落ち着いて下さい！」

「あの子を連れてきてっ！　リカルドを、連れてきてえッ」

「分かりました。今、彼を探してきますから！」

なだめるように言って立ち上がったところで、部屋にメイドが二人やってきたから、弘樹は入れ替わるように部屋を飛び出した。

「母屋って、確か言ってたよな……！」

近づくなと言われていたけれど、あんな状態の母親を放っておくようなリカルドではないだろう。百合絵にも乞われたのだし、とにかくリカルドを連れてこなくては。

弘樹はそう思いながら、離れを出て前庭を横切り、母屋のほうへと走っていった。

かつての貴族の別宅だという母屋は、何様式というのかは知らないが重厚な建物だ。ジェノバの街の通りは世界遺産に指定されているが、ここも恐らく由緒ある建物なのだろう。

アプローチから中へと入り、廊下を抜けると、明るい中庭に出た。

その奥の建物の大きな窓の向こうに、リカルドの姿が見える。

中庭の脇の入り口からもう一度建物の中に入り、場所の見当をつけて歩いていくと、やがて廊下の向こうの部屋から、イタリア語の話し声が聞こえてきた。入り口近くまで行ってこっそり覗いてみると――――。

(……来客か。随分多いな)

リカルドがいる部屋は、長テーブルのあるサロンのようなところだった。テーブルには十人ほどのブラックスーツの男たちが座っていて、リカルドは彼らの話を順に聞いているふうだ。

『……なるほど。それでは北イタリア一体は、もう完全に我々の手に落ちたのだな?』

『はい、リカルド様。南仏のシンジケートとも話はついています。エリオ一派は、もうローマでだって大きな顔はできやしません』

――――マフィアの会合。

そう直感して、ヒヤリとしてしまう。リカルドが薄い笑みを浮かべて言う。

『パレルモ近郊の麻薬精製所と、アフリカからの武器の輸送ルートの件はどうなっている?』

『そちらも問題ありません。全てはリカルド様のご命令に従って動いております』

麻薬に武器だなんて、完全にキナ臭い話だ。リカルドはやはりマフィアなのだと実感して、そら恐ろしい気持ちになる。もちろん分かってはいたけれど、明らかに非合法な取引の話を平然とされると、さすがに平静ではいられない。

リカルドがここへ近づくなと言ったのは、弘樹がこんな気持ちになると分かっていたからなのだろうか。

二つ三つ会話を交わしてから、リカルドが満足そうに傍らの男の顔を見る。

『よくやってくれた、ロレンツォ。イタリアを離れたくないと譲らぬ母をずっと守ってきてくれたことも、感謝している。さすがは父上の腹心の部下だった男だな』

『いいえ、私は何も。あなた様のご指示のままに動いているだけでございます』

ロレンツォ、というのは、もしかしてリカルドが度々電話をしていた相手だろうか。

チラリと顔を見てみると、いかにもイタリア人らしい、彫りの深い剛健な風貌の男だ。年はかなり上のようだが、リカルドの言う通り、彼は忠実な部下なのだろう。リカルドに真摯な視線を向けて、ロレンツォが穏やかに言う。

『それに今は、私はあなた様の部下ですよ、リカルド様。あなた様がその名に恥じることなく正々堂々とファミリーの後継者としてシチリアの土を踏み、父君やご兄姉の復讐を遂げるためなら、私はどんなことでも致します。あなた様をドンとお呼びするために、私はこうして生きながらえているのですからね』

（復讐、だって？）

思いもかけぬ言葉に驚いてしまう。

『オーシャンブリーズ』号の処女航海が、リカルドの生まれ故郷であるシチリア島を最終目的地としているのは、世界を股にかける一大企業体のトップである彼が、故郷であるシチリアにことさらに強い思いを抱いているがゆえだと聞いていたが、もしかしたら何かもっと別の意味合いがあるのかもしれない。

だが、弘樹に復讐など人生の無駄だと言ったリカルドが、そんなことを企《くわだ》てようとしているなんて、にわかには信じられない。リカルドが何と答えるのか気になって、もっと話がきちんと聞こえるよう、部屋の入り口に置かれた花瓶の陰に身を潜めて耳を傾ける。

するとその途端、別の男が発言し始めた。

『ときに、リカルド様。ドン・ヴィットリーニのご令嬢との縁談はいかが致しますか？』

「……！」

更に思いがけない話に、思わず前のめりに乗り出してしまう。そんな話があるなんて思ってもみなかった。男が更に続ける。

『ファミリーの将来のためには、婚姻による有力ファミリーとの関係安定化も大切ですぞ？』

『やれやれ、参るな。またその話か……』

リカルドが苦笑しながら答える。もしかして、こうした話はよくあることなのだろうか。

でも、まさか結婚なんて――。

思いがけず心が揺れてしまい、動揺している弘樹の耳に、リカルドの声が届く。

『だが、おまえの言うことも分からないではない。今すぐということはないだろうが、場合によっては前向きに考えてもいいさ』

（……前向きに、考える……？）

リカルドの言葉に、どうしてだか胸がズキンと痛む。

どう考えても政略結婚としか思えないのに、リカルドがそんなふうに答えるなんて驚きだ。弘樹にキスをし、熱っぽい瞳でこちらを見つめてきたリカルドが、そんなことを考えているなんて。

焦れるような哀しいような、何とも言葉にできない感情が、胸にざわざわと広がっていく。そんな気持ちになるなんて、自分でも意外だ。自分からリカルドに恋愛する気はないと言ったはずなのに、どうして――。

「……ぅわっ」

動揺のあまり、とにかくその場を去ろうと後ずさったところで、弘樹は花瓶に腕を引っ掛けて、花ごと床に落としてしまった。

パーンと陶器が割れる音が廊下に響いた瞬間、銃を持った黒服の男が数人、サロンの中から出てきた。

「……っ」

弘樹を取り囲むように銃を向ける男たちは、恐らく訓練された者たちなのだろう。ためらいもなく銃口をこちらに向け、撃鉄を起こす。

撃たれる恐怖に、全身に冷たい汗が噴き出す。

『や、やめてくれっ、殺さないでっ……！』

叫んだ途端、部屋からリカルドが飛び出してきた。

『待て、撃つなっ！　彼は私の客人だ！』

リカルドの言葉に、男たちが銃口を逸らす。リカルドが叱責《しっせき》するように言う。

「離れにいろと命じたはずだっ。何故ここにいるっ！」

「それは、その……、彼女が、突然取り乱してしまったから……！」

「メイドを呼べと言っただろう！　立ち聞きなどして、殺されたいのかっ」

「そんなつもりはっ……。まさかこんな大事な話をしてるなんて、思わなくて……！」

リカルドの剣幕に、しどろもどろになりながら答える。

こちらを見据えるリカルドは、ガーデンデッキで銃を握っていたときと同じような険しい顔をしている。冷徹で容赦のない、リカルドのマフィアとしての顔。

弘樹は恐らく、うかつに踏み込んではならない場所に入り込んでしまったのだろう。震えながら、弘樹は言った。

「す、すまなかった……、でも、彼女があんたを呼んでいたから……」

「私を？」

「『月光』ソナタを弾いたら、急にパニックを起こして……。あんたは無事なのか、連れてきてくれって、そう言ったんだ。だから……」

弘樹の言葉に、リカルドがぐっと言葉に詰まったように黙り込む。

それから小さく頷いて、あとから部屋を出てきたロレンツォに告げる。

『ここまでにしよう、ロレンツォ。あとは全て手筈通りに』

『承知致しました、リカルド様』

ロレンツォが言って頭を下げ、部屋へと戻っていく。

弘樹は硬い表情のままのリカルドの横顔を、言葉もなく見上げているばかりだった。

（リカルド、凄く怖い顔、してたな……）

リカルドが客を返し、百合絵を落ち着かせるのを待つ間、弘樹は母屋の客間と思しき部屋で独り待たされていた。

所在なくベッドに腰かけて窓の外を見ると、そこからはジェノバの港と、そこに停泊している『オーシャンブリーズ』号がよく見えた。つくづくこんな事態になるとは、予想もしていなかった。

――『あなたをドンとお呼びするため』。

ロレンツォの言った言葉を思い出して、複雑な気持ちになる。

話を総合すると、リカルドは敵である伯父エリオに家族を奪われ、その復讐のためにこの航海をしていて、いずれはマルティーニファミリーのトップとなることを目指していると、そういうことになるようだ。

そしてそのためには、政略結婚も辞さない。それが組織というものなのかもしれないが、人としてそれでいいのだろうかとも思ってしまう。

「……待たせたな、弘樹」

「リカルド……」

「ようやく眠ったよ。少し母を、疲れさせすぎてしまったようだ」

離れから戻ってきたリカルドは、いつもの穏やかさを取り戻しているようだった。こちらへやってきて弘樹の隣に腰かけ、すまなそうに言う。

「弘樹、先ほどは声を荒らげたりして悪かった」

「いや、俺のほうこそ、盗み聞きするような真似をして……」

「この屋敷へ足を踏み入れられるのは、完全に信頼の置ける人間だけなのだ。だから部下たちには、不審な侵入者にはためらいなく銃を向けるよう命じてある。場合によっては射殺してもよいとな」

(射殺……！)

男たちの迷いのない動きを思い出してゾクリとする。

やはりここは、彼らの世界だ。弘樹には分からないマフィアの世界。

そう理解していたはずなのだけれど、でもリカルドにはそうあって欲しくないという思いが、徐々に膨《ふく》らんでくる。できれば否定して欲しいような気持ちで、弘樹は訊いた。

「やっぱり、本当だったのか？」

「何がだ？」

「あんたの言ってた『複雑な事情』って話。敵だって言ってた伯父に、あんたは家族を……？」

「……ああ、そうだ。私は父と異母兄姉を、伯父であるエリオに殺された。『月光』ソナタは、母には惨劇の晩を思い出させる哀しい楽曲となってしまった。私にとってはいまだ家族の思い出に浸れる、穏やかな曲なのだがな」

リカルドが哀しげに言って、窓の外の港を見ながら続ける。

「あの海の向こう……、シチリアのマルティーニファミリーは、歴史の古い組織だ。だがその現在の首領《ドン》、私の祖父であるブルーノ・マルティーニは、これからのマフィアは変わらねばならないという進歩的な考えの持ち主だった。そして、その考えに賛同してスイスで投資会社を経営していた父を、大変気に入っていた」

「スイス？　シチリアじゃなく？」

「ああ。母と出会ったのは、パリに事業所を開いたころらしい。父は二人の妻を亡くしていて、三度目の結婚だったが、母親の違う子供たちも私の母にはよく懐いて、私も幸福な子供時代を過ごすことができた」

そう言ってリカルドが、小さく首を振る。

「だが十年ほど前、祖父が父をファミリーの後継者にと言い始めたころから、エリオや古き良きシチリアに固執する古参の幹部などから、父は敵意を向けられるようになった。そしてとうとう、エリオは父と兄たちを抹殺しようと企て、父の車に爆弾を仕かけたのだ。父と兄たち、それに姉たちは死に、近くにいて巻き込まれた祖父は再起不能なほどの重傷を負った。四年前のことだ」

悲惨な過去の出来事に胸が痛む。メンツ程度の話でカルロを殺すような男なのだから、エリオという男が組織の後継者として適格でないことは素人でも分かる。

リカルドが幾分険しい顔で続ける。

「エリオはその後、介助が必要となった祖父を自分の屋敷に軟禁し、今はその代理のように振る舞い、組織を我がものとしている。私の使命は、父や兄姉たちの復讐を遂げ、祖父を奪回してファミリーをあるべき姿に導くことだ。未来のためにな」

「未来？」

「血で血を洗うような伝統や非合法な裏稼業だけでは、マフィアはもう生き残れない。私がマルティーニの名で自ら事業を展開しているのは、そうした古い体質から脱却するためだ。当然反発する者も多いし、命を狙われることもある。だが、私は成し遂げなければならない。父の遺志を継いでな」

そんな重い使命を背負っていたのかと、驚いてしまうけれど、確固たる口調でそう言うリカルドは、弘樹から見ても組織の正当な後継者たるにふさわしい威厳とカリスマ性を備えているように思う。

でも一方で、結局マフィアはマフィアではないかという気もする。リカルドの掲げる理想は素晴らしいと思うが、先ほどロレンツォたちと話していたような、非合法な活動も続けていくのだろう。それがある限りは、何を言っても結局は綺麗事だ。

復讐することの愚かさも、弘樹は自分自身がやりかかったからよく分かっているし、そもそもリカルド自身もそう言っていたのだ。それをしてしまえばまた新たな争いが起きるかもしれないし、それこそ血で血を洗う報復合戦になるかもしれない。

それに――――。

(組織の維持のために、結婚をするなんて……)

ロマンチストだと笑われるかもしれないが、愛のない結婚なんて、少なくとも弘樹には絶対に無理だ。リカルドがそれを前向きに考えているのだと思うと、どうしてだかそれだけで気持ちがもやもやしてくる。

「あんたの世界のことは、やっぱり俺には分からないのかもしれないな」

「驚かせたか?」

「それはそうだろう? それより、そういう状況なら俺みたいなのに思わせぶりなことを言ったりしてたら駄目だろ? 相手にだって失礼じゃないか」

「……? 何のことだ?」

「とぼけることないじゃないか。あんた、組織を維持するために愛してもいない女と結婚するんだろ？　別に相手がそれでいいならいいのかもしれないが、さすがに男を囲ってるなんて知ったら、ショックだろうって思うけどな？」

理由は分からなかったが、ひどく不快な気分だったから、知らず皮肉交じりな口調になる。

自分でもどうしてそんな言い方になってしまったのか分からなくて、ちょっと言葉がすぎたかなとヒヤリとした。リカルドも意外に思ったのか、少々面食らった顔をしている。けれどその顔に、徐々に面白がるような表情が浮かんできた。クスリと笑って、リカルドが言う。

「……あんな前時代的な話を、私が本気で受けるわけがないだろう？　おまえ、もしかして妬《や》いたのか？」

「なっ、そ、そんなわけがあるかっ」

思わぬことを指摘されて、慌てて言い返す。まさかリカルドに妬くなんて、そんなはずが――。

そう思ったけれど、何だかひどく顔が熱い。リカルドが楽しげな目をしてこちらを見つめてくる。

「ふふ、否定する割に、そのように頬を赤らめているのは何故なのだ？　もしや熱でもあるのかな？」

そう言ってリカルドが、さっとこちらに身を寄せてくる。逃れる間もなくベッドに体を押し倒され、間近で顔を覗き込まれた。

「――――っ！」

真っ直ぐにこちらを見つめる、リカルドの漆黒の瞳。

その目を見返すことができなくて、さっと顔を背ける。

するとリカルドが、弘樹の首筋に口唇を寄せてきた。チュッと吸いつくようにしてから、囁くように言う。

「……弘樹、否定するな。おまえは私の相手に妬いた。そうだろう？」

「ち、がっ」

「言葉で否定することはできても、朱に染まった頬が証拠だ。おまえは私を、意識し始めているのだよ」

「そんなわけはないっ」

強く否定したくて、大きく首を振る。

半ば図星を指されたと自覚はあったけれど、それを肯定する勇気はさすがにない。何せリカルドはマフィアで、今まさにトップの座をかけた復讐計画を実行中の男だ。

柔らかく首筋を食むリカルドの口唇から逃れながら、弘樹は吐き出すように言った。

「あ、あんたとは、そういう関係じゃないだろっ」

「そうか？　では私とは、どこまでもビジネスの関係だと？」

「そうだっ……、俺はあんたの、恋人じゃないっ」

そう言うと、リカルドはふっとため息を洩らした。それから苦笑交じりに言う。

「やれやれ、おまえは妙なところで強情だな。それなら、どこまで否定できるか試してやろうじゃないか」

「なっ？　……んんっ！」

ぐっと体で圧し掛かられ、口唇をキスで塞がれて、くぐもった声が出る。

不意打ちのようなキスは二度目だ。逃れようもなく舌で口唇をこじ開けられ、口腔を犯される。首を振って口唇を離そうとしたけれど、手で顎を押さえられ、舌下をヌルリとまさぐられて、腰が砕けそうになった。

「ん、ン……、ぁふ……」

情熱的な、リカルドのキス。

それはまるで情動の奔流《ほんりゅう》のように弘樹の意識をのみ込み、心を大きく揺り動かす。逃げ惑う舌を搦め捕られ、果実か何かのように甘く吸い上げられたら、抵抗心までも溶かされ始めた。

そうして弘樹が覆い隠していた感情が、容赦なく暴き立てられていく。

組織のために愛のない結婚を前向きに考えると言ったリカルド。

そんな彼の相手に、弘樹は嫉妬したのだと――。

あまりにも単純な、それでいて揺るぎない事実を表す感情を抱いた自分に、かあっと頭が熱くなる。

もうここまできて、何故などと自分に問いかけるまでもないだろう。誰かにそんなふうに嫉妬する理由なんてただ一つだ。弘樹の心は、とっくにリカルドに囚われていたのだ。

(俺が、リカルドのことをっ……？)

男なのにとか、マフィアなのにとか、いつも支配者然とした、傲慢な男なのにとか。

感情に抗うようにそう思うのだけれど、口唇にリカルドの熱を感じるだけで、ジンと体の芯が疼く。

この男が欲しい、抱き合いたいと、そんなダイレクトな欲望までも感じて、自分で自分が怖くなってしまうけれど。

(……俺は、そうしたい……。ただ、そうしたい……)

何も考えるなと、リカルドは何度も言っていた。なかなかそうすることができなかったけれど、今ならできるような気がする。

ただリカルドと結び合いたい。そこにそうしたいからという以外の理由などいらない。

今の弘樹にはそう思えるのだ。

男として、一人の人間として――。

ようやく認めた想いは、シンプルで確かなものだった。

けれど、それを自分から告げるのはまだ悔しい。

ゆっくりと口唇を離したリカルドの顔を言葉もなく見上げると、リカルドがこちらを見返しながら言った。

「……濡れた目をしているぞ、弘樹。これでもまだ、否定の言葉を口にするか？」

「べ、別に濡れた目なんてっ」

「そうか？　私が欲しいと顔に書いてあるぞ？」

「そんな、ことは……！」

からかうような口調に頬が染まるけれど、そこまで見透かされているなんてさすがにうろたえる。赤い顔のまま視線を逸らした弘樹に、リカルドが訊いてくる。

「言ってみろ弘樹、私に抱いて欲しいと。素直に言えたなら褒美をやってもいい」

「い、言うわけないだろ、そんなことっ」

「意地を張ることなどないのだぞ？　可愛くねだれたならおまえを抱いてやる。恋人を愛するように、甘く優しくな。悪くないだろう？」

艶めいた声音にドキリと心臓が跳ねる。

恋人を愛するようにだなんて、そんなふうに言われるとは思わなかった。やはりリカルドは、弘樹のことを想ってくれているのかもしれない。

だったら、弘樹がこの気持ちを素直に告げたなら、リカルドは応えてくれるのだろうか——？

甘い期待に、胸が高鳴る。

彼の気持ちの片鱗をもっと見出せはしないかと、じっとリカルドを見つめると、リカルドもこちらを見返してきた。

互いに感情の昂ぶりを強いて抑えているかのような、甘美な沈黙。

どちらからともなく顔を寄せ合い、そっと口唇を合わせようとした、その途端。

リカルドの懐で、携帯電話が鳴った。小さく首を振って、リカルドが笑う。

「やれやれ、無粋な輩《やから》がいるものだ」

リカルドが言って、さらりとこちらの頬を撫でるようにしたあとベッドから立ち上がる。

そのまま電話に出たリカルドの横顔を、まだ少し甘い気分で見つめていると、不意にリカルドの顔色が変わった。

険しく甘さのない表情。それは彼のマフィアとしての顔だ。ハッとしてその顔を凝視すると、リカルドはすっと身を翻《ひるがえ》して部屋を出ていってしまった。

何か、あったのだろうか。とても気になるけれど。

(でもきっと、俺には何もできない)

マフィアの世界のことは、知ったところで弘樹にはどうともしようがないともう分かっている。リカルドとの関係が今後どうなっていくにしろ、弘樹は弘樹のできる形でしかリカルドとかかわっていくことはできないだろう。

それが「愛人」でなく恋人なのだとしたら、それはやはり嬉しいことで——。

そんなことを思って、ドキドキしながら待っていると、やがてリカルドが戻ってきた。

その手に持っているものを見て、驚いてしまう。

「……リカルド、それ、パスポートか？」

「ああ。おまえが船に持ち込んだ偽造パスポートだがな。それと現金もある。おまえはもう船には戻らなくていいから、このまま日本へ帰れ」

「はっ？」

いきなり何を言うのだろう。動転していると、リカルドがこちらへやってきて、ベッドサイドテーブルにパスポートとまとまった額のユーロ紙幣を置いた。

「成田《なりた》への航空券を一枚手配した。今から車が二台ここへ来るから、おまえはその一台目、この街のタクシーに乗って国際空港へ行け。着いたら私の部下が案内する」

「ちょ、ちょっと、待ってくれ！　どうしていきなりそんなことっ？」

「どうしてもだ。言う通りにしろ」

「いきなり日本へ帰国させられても、俺が困るんだよ！　何か納得のいく説明を……！」

「説明だと？　案外察しが悪いのだな、おまえは」

そう言い返してきたリカルドは、驚くほど冷たい目をしている。ヒヤリとしながらその顔を見返すと、リカルドが嘲笑するように言った。

「おまえとの『愛人契約』は、今このときをもって終了だ。それでいいか？」

「リカルド……！」

思いがけない手酷い言葉に、二の句が継げなくなる。まさかそんなことを言うなんて。

「私はもう船に戻る。車は十分後に来るから、それに乗れ。言っておくがこの屋敷のメイドは戦闘訓練を受けている。拳銃も携帯しているから、逆らわぬほうがいいぞ？　ではな」

リカルドが酷薄な口調で言って、弘樹に背を向ける。

弘樹は茫然《ぼうぜん》とその背中を見ているしかなかった。

「何だよ、契約終了ってのは！」

正確に十分後にやってきたタクシーに乗って、ジェノバ近郊の国際空港へと向かう道を走りながら、弘樹はリカルドの言った言葉を思い返して憤慨していた。あまりにも呆気なく解放されてしまって、こちらは当惑するばかりだ。

（……解放っていうか……、こうなるともう、捨てられたって感じだよな）

まさかこんなふうに、突然一方的に別れを告げられるなんて。

クルーズの最初のころならいざ知らず、彼に惹かれているのを自覚してしまった今となっては、こんなにショックなことはない。しかも、航海後の仕事の打診までされていたのに。

もしや彼は、最初から弘樹をもてあそんで捨てる気だったのだろうか。弘樹をたっぷりと味わい、心までも自分のものにしたと分かったら、もう興味が失せてしまったのか。弘樹にも、弘樹のピアノにも――――？

そう思うと泣きたいほどに切なく、哀しい気分になってくる。恋情を抱かされたあとで、まさかこんなひどいことをされるなんて思わなかった。

――――でも。

（俺を捨てたいだけなら、俺だけを屋敷から出せば済む話じゃないか？）

弘樹がタクシーに乗り込む寸前、屋敷の門から中へ入ってきたもう一台の車は、ゆっくりと離れのほうへ近づいていった。先ほど離れで見かけたメイドが、車の運転手に百合絵の介助をと言っていたのが耳に入ったから、あのもう一台の車は恐らく百合絵をどこかへ運ぶ車なのだろう。

いきなり彼女をそんなふうに別の場所に移動させるのも不可解だが、リカルドが弘樹を、活動拠点としていたニューヨークでなく日本へ帰すことにしたのも、何となく引っかかるところではある。何か急いであそこを出なければならない事情でもできたのだろうか。

そんなことをあれこれ考えていたら、タクシーが市街地に近づき、道の合流地点で一時停止した。何気なく窓の外を眺めていると――――。

（……なっ、あいつはっ！）

街場のほうからやってきて、こちらとすれ違った車を運転していた男。

赤ら顔に縮れ毛を撫でつけた南欧風の風貌のその男は、見間違いようもなくコジモだった。車には他にも黒ずくめの男が数人乗っている。嫌な予感に、ゾクリとする。

今来た道の先には屋敷がある。そしてそこには、まだ百合絵がいるはずだ。もしかしたら彼女に危険が迫っているのかもしれない。

弘樹は慌てて運転手に叫んだ。

『シニョール、すまない！　屋敷へ引き返してくれないか！』

『え、何でです？　フライトの時間、迫ってるんじゃないんですかい？』

タクシーの運転手は、何も聞かされていないのだろう。能天気なジェノバ訛りに焦りが募る。

『頼む、とにかく戻ってくれっ！』

切実な声で叫ぶと、運転手は目を白黒させつつも、車をUターンさせてくれた。

来た道を戻り、細い坂道を上って屋敷の近くまで行くと、厳重な警備が敷かれていたはずの屋敷の門が、大きく開け放たれているのが見えた。

急いで車を停めさせ、リカルドに渡された紙幣を運転手に渡す。

『どうもありがとう、シニョール。たぶんもう飛行機には間に合わない。このまま戻ってくれていいよ』

運転手を危険から遠ざけたくて、そう言ってタクシーを降りる。

タクシーが戻っていくのを見届けてから全速力で走って、そのまま門の中へと駆け込むと――。

「……っ……！」

門を入ってすぐの前庭に、離れにいたメイドと車の運転手らしき男が血まみれで倒れていて、その奥にコジモたちの乗っていた車が停まっている。

離れのほうから悲鳴が聞こえたから、弘樹は慌てて建物に走っていった。

百合絵の姿を探して離れの中を進んでいくと、やがて奥まった部屋から怒号が聞こえてきた。

部屋へ駆け込むと、男たちが部屋の隅で怯えている百合絵の腕をつかみ、強引に引きずり出そうとしているところだった。もしや誘拐するつもりなのだろうか。

『待てっ！　彼女は足が悪いんだ！　乱暴な真似をするなっ！』

鋭く叫ぶと、男の一人がこちらを振り返った。

その顔は、やはりコジモだ。弘樹の顔を認識すると、うすら笑いを浮かべた。

『……おやおや、シニョール鳴瀬じゃないか。まだ生きていたとは意外だよ。まさか復讐も成せぬままにここまで来てしまったのか？　俺の芝居に軽く騙されて意気込んでた割には、案外臆病者《おくびょうもの》だったんだな』

コジモが言って、せせら笑う。やはり、この男は弘樹を騙していたのだ。

でも今はそんなことより、百合絵を守らなければ。弘樹はコジモを見据えて訊いた。

『彼女をどうするつもりなんだ。人質に取ってリカルドをおびき出そうとでも？』

『おまえには関係ない。それに聞いたところで意味もない。何故ならおまえは、ここで死ぬんだからな』

そう言ってコジモが、懐から拳銃を取り出してこちらに向けた。

恐怖に足がすくんでしまうが、彼女を危険に曝すわけにはいかない。弘樹はぐっと拳を握って言った。

『関係はあるさ。俺はリカルドの、恋人だからな』

『……何だって？』

『俺はリカルドの恋人だ！　連れていくなら、彼女の代わりにこの俺を連れていけっ』

啖呵《たんか》を切るようにそう言うと、コジモが訝るような顔をした。

男の弘樹が突然恋人だなどと言っても、素直には信じられないのかもしれない。

だが不意に横合いから、一人の男が思い出したように声をかけてきた。

『……ああ！　こいつはあのときの男か！』

『何だ、こいつを知ってるのか、リッピ？』

『ああ。そういやけにベタベタしてたっけなあ、船の上で。それに見ろよコジモ。首にキスマークまで付けてやがるぜ？　リカルドもお盛んだよなあ？』

リッピと呼ばれた男の言葉にギョッとして、さっと首に手をやりながら視線を向けると、リッピがこちらをじっと見つめて言葉を続けた。

『へへ、ビンゴかよ。俺を覚えてねえか？　まあ顔落としちまってるからしょうがねえか。あのときはリカルドに三発も食らって死ぬかと思ったが、防弾服くらい着てたんでね。それに潜水も得意なほうなんだよ。少なくとも、ジャグリングよりはな』

へらへらと笑いながら発せられた言葉に、ようやく分かった。

この男は、船で襲ってきた道化師姿の暗殺者だ。

『こいつの言ってることはたぶん本当だぜ、コジモ。もしかしたら母親よりも、情人《こいつ》のほうが使えるかもしれねえ。何せあのリカルドが、俺に撃たれるほどふぬけてやがったんだからな』

リッピがあからさまに淫靡な声でそう言うと、コジモがニヤリと笑った。

弘樹は戦慄しながらも、その顔を毅然《きぜん》と見返していた。

（ここは一体、どこなんだろう？）

あのあと、弘樹は目隠しと猿轡《さるぐつわ》をされて腕をロープで縛られ、百合絵の身代わりになって男たちに屋敷から連れ出された。そして車と、恐らく個人所有と思しき小型飛行機に乗せられて、ジェノバからはかなり離れた場所へ連れてこられたのだ。

最終的にたどり着いたのは、どんなところか見当もつかないが思いのほか静かで空気のいいところにある建物の中だった。麦わらの匂いがするところをみると、ここはもしかして農村部かどこかなのだろうか。

『全く、コジモの奴。こんな男一人連れてきやがって。こいつで本当にリカルドをおびき寄せられるのかよ？』

『どうだかな。けど、こいつは自分からリカルドの恋人だって言ったらしいぜ？　リッピの奴がイチャついてたのを見たってんだから、問違いねえだろうよ』

『やれやれ、世も末だなこりゃ。エリオ様がリカルドを嫌う気持ちもよく分かるぜ』

『へへ、どうせなら裸に剥いた写真でも送ってやりゃよかったんじゃねえか、リカルドのところによ？』

地べたに直に座らされている弘樹の傍で、下卑《げび》た笑い声を立てる見張りの男たち。

そのイタリア語は、カルロのそれに似ている。もしやここはシチリアなのだろうか。リカルドに対する人質として弘樹を連れてきたのだろうから、当然と言えば当然だが。

『それで？　ロレンツォ一派の襲撃は上手くいったのか？』

『そっちは抜かりねえようだ。ロレンツォには逃げられたらしいが、幹部を二人殺ったって話だよ。悪くねえだろ？』

（幹部を二人……。もしかして、さっき屋敷に集まっていたうちの、誰かが……？）

不穏な話に背筋が冷える。

先ほどリカルドは、北イタリアは全て彼らの勢力下に置いたというような話をしていた。だが、屋敷にはあれだけの警備が敷かれていたのに、コジモたちはそれを易々と突破して百合絵を誘拐しようとした。リカルドが「敵」と呼んでいた相手も、それなりに本気で殺り合う気でいるのだろう。

百合絵を助けたい一心で身代わりにと言ってはみたけれど、実際こうなってみるとやはり恐怖に襲われて、体が震えてしまう。自分は一体どうなってしまうのだろう。

リカルドの本心は分からないし、信じたくない思いでもあるけれど、弘樹はリカルドの下から解放され、日本へ帰国するよう命じられた立場だ。リカルドが弘樹の命よりも彼自身の使命を優先すれば、この身には人質としての価値などなくなる。そうなればリカルドの敵は、リカルドがそうしたように弘樹を生かしておくことはしないだろう。

もしかしたら弘樹の命は、風前のともしびなのかもしれない。

（俺はやっぱり、バカだな）

向こうにとっては戯れの関係だったのかもしれないけれど、弘樹は確かにリカルドに心惹かれていた。こんなふうに捕らわれ、殺されることになるなら、せめて気持ちを伝えておけばよかったと哀しくなる。

結局は捨てられてしまうのだとしても、あんなふうに頑なに気持ちを否定したりしなければよかった。好きだと告げていたなら、リカルドだってもしかしたら――。

そんな詮無《せんな》いことを思って、切ない気持ちになっていると、しばらくして弘樹のいる場所に誰かがやってきた気配があった。

プンと葉巻の匂いが漂ってきたと思ったら、いきなり乱暴に目隠しを外される。眩しくて目がくらんでしまっている弘樹の耳に、低くざらついたイタリア語が流れ込んでくる。

『こいつか。リカルドの恋人だなどとぬかした日本人の小僧は』

聞いたことのない声。

少しして目が光に慣れてきたから、恐る恐る周りを見回してみると、そこは農家の納屋のような場所だった。声のしてきたほうを見ると、そこには葉巻をくゆらせた五十代ぐらいのイタリア人らしき男が、コジモとリッピとを従えて立っていた。

高級感のある生地であつらえられたスーツに身を包み、腕には金無垢の腕時計を嵌めた、酷薄そうな目つきの男。

そこに立っているだけで、リカルドとはまた違った意味でこちらを委縮させるような存在感を醸《かも》している。コジモが男に答える。

『ええ、そうです。カルロ・フランコの件で復讐心を煽って送り込んでやったのに、どうやらリカルドの情人になり下がったようで。お気に入りのピアニストらしいですがね？』

『ピアニスト……？　は、奴らしい。貴族趣味も弟譲りか。親子揃って何と甘ったるいことよ！』

二人の言葉に、確信する。

この男こそ、リカルドが敵と呼んでいた伯父のエリオだ。

そして弘樹の大切な姉の由香とその婚約者カルロの命を奪った、卑劣な男――――！

（よくも、カルロと姉さんを！）

瞬時に燃え上がったエリオへの怒りと憎しみに、脳髄を焼かれる。猿轡をされていたから言葉を発することはできなかったが、弘樹は感情を抑え切れずエリオの顔を睨みつけた。

するとエリオが嫌悪の目でこちらを見返して、蔑むように言った。

『こちらに目を向けるな、下種《げす》め。リカルドと同じ、穢《けが》れた血の匂いがぷんぷんするわ！』

「……ッ？」

『まったく、奴には怖気をふるう。シチリア純血でないばかりか、男色嗜好まであるとは。派手な船でシチリア入りして、ファミリーの後継者としての名乗りを上げるつもりかもしれんが、やはりリカルドにはファミリーを継ぐ資格などない。下賤《げせん》な血の混じったリカルドにはな！』

分かりやすすぎるレイシスト的な発言。今時ここまで言い切る者も珍しい。この男の古き良きシチリアへの固執は相当なようだ。

葉巻をすっと吸い込んで、エリオがコジモに訊く。

『それで？　奴は何と言ってきたのだ』

『すぐに独りでこちらへ向かうから、人質に手出しはしないでくれと。かなり慌てた様子でした』

『ほう。よほどこの小僧がお気に入りか。まったくおぞましいことよ』

（……彼が独りで、来るっ……？）

リカルドが自分を見捨てず、ここまで来てくれる。

そう思えばもちろん素直に嬉しいけれど、百合絵を助けたつもりが結局はリカルドの足を引っ張ってしまったようで、申し訳ない気持ちになる。これではむざむざ殺されに来るようなものだ。弘樹にしても、目の前に仇がいるというのに、リカルドが来るまでただ黙って待っているなどとてても耐えられなかった。

せめて殺される前に、大切な人を奪われた哀しみと怒りをこの憎い相手にぶつけてやらなければ、死んでも死にきれない——。

弘樹はそんな思いに駆られ、感情のままに喉奥で唸るような声を上げながら、座らされた場所からエリオのほうへ飛び出そうともがいた。

『貴様！　動くなっ！　じっとしていろ！』

ほんの一歩分前に飛び出したところで、見張りの男に怒鳴りつけられ、ドッと背中を蹴られてその場にねじ伏せられた。猿轡をされたまま呪詛《じゅそ》のような言葉を叫ぶ弘樹を、エリオが強い嫌悪の滲む顔で見やる。

『……やれやれ、何だこの男は？　まるで躾《しつけ》のなっていない犬だな。それも醜い野良犬だ。黙らせろ、コジモ』

『分かりました。おいリッピ、少しいたぶって静かにさせろ』

コジモの命令の言葉に頷いて、リッピが弘樹のほうへやってくる。

反射的に丸めた体を、リッピが容赦なく蹴り上げ始める。

「ううっ、う……！」

体を蹴られる痛みに呻きながらも、ロープで縛られた手をかばおうとぐっと腹の下に押し込む。

こんな絶体絶命の状況でも、やはりこの手だけは守りたいと、弘樹は強くそう思う。

弘樹の夢を奏でる大切な手。リカルドが美しいと言ってくれた手。

この手で、もっとピアノを弾きたかった。そしてできるなら、想いを伝えてリカルドと触れ合いたかった。

暴行される痛みに呻きながらそんなことを思って、図らずもまなじりを潤ませてしまっていると――。

『エリオ様！　リカルドが来ました！』

不意に外から聞こえてきた声に、エリオが笑みを浮かべる。エリオが顎をしゃくると、弘樹を暴行していたリッピが動きを止め、弘樹の腕をつかんで立ち上がらせた。

そのまま引きずられるように納屋の外へ連れ出されると、そこには広大な麦畑が広がっていた。納屋の向こう側にはブドウ畑が続いていて、大きな屋敷も見える。銃を持った男たちが周りを警戒するように立っていなければ、典型的な南欧の農村部の風景だ。

そのなだらかに続く丘陵の向こうから、小型のヘリコプターが近づいてくる。

『……あれか。全く、つくづく派手好きな奴だ』

忌々しげなエリオの声。近づいてきたヘリコプターをよく目を凝らして見てみると、操縦しているのはリカルドのようだった。本当に独りで来たようだ。

野分《のわ》きのごとき強風で実った金色の麦の穂を激しく揺らしながら丘の上に着地すると、エリオの部下たちが拳銃の銃口を向けて取り囲んだ。

ややあってハッチが開き、リカルドが降りてくる。

(リカルド……!)

自分のために来てくれたのだと、その姿に目頭が熱くなる。リカルドも弘樹の姿に気づいたのか、一瞬こちらに視線を向けて小さく頷いた。

けれどエリオに向き直り、ゆっくりとこちらへ歩いてくるリカルドの表情は険しいものだ。傍まで来たところでエリオが制止して、余裕たっぷりな声で言う。

『来たか、リカルド。こちらの要求通り本当に身一つで来るとはな。この日本人の小僧に、そこまでご執心なのか?』

『彼は母の身代わりになってくれました。この身を投げ出してでもここへ来なければ、マフィアの誇りに傷がつきます』

リカルドが言って、それからやや皮肉めいた口調で続ける。

『もっとも、私を呼び出すためにこんな卑劣な真似をするあなたに、そんな話をしたところで意味などないかもしれませんが。あなたは何も変わっていませんね、伯父上』

強気な発言に冷や汗が出る。リカルドには家族を殺された恨みがあるにしろ、この状況でそんなことを言って大丈夫なのだろうかと不安になる。

エリオがせせら笑う。

『口の減らない男だな、リカルド。まったく弟そっくりだ。マフィアの誇りなどと言いながら伝統は一つも守ろうとせず、外国人の女に現を抜かしてシチリアの血を汚す。おまけに息子のおまえは男色嗜好ときた。誇りなどと聞いて呆れる！』

そう言ってエリオが、ニヤリと笑って告げる。

『だが減らず口もそこまでだ。おまえはここで死ぬのだ。この小僧とな！』

エリオが促すと、リッピが弘樹の体をドンとリカルドのほうへ突き飛ばした。

倒れ込みそうになった弘樹を、リカルドの力強い腕が抱きとめる。弘樹の口に巻かれた猿轡を外し、腕のロープを解いて、心配そうに訊いてくる。

「弘樹、おまえ体を痛めつけられたのか？　手は……？」

「……大丈夫だよ、とりあえず」

「そうか。よかった」

ぐっと抱き締められ、嬉しさに思わず涙ぐみそうになる。

でも怪我などしていてもいなくても、このまま殺されるなら同じことだ。すがるようにリカルドに抱きつくと、エリオが嫌悪剥き出しの声で言った。

『下賤な輩め。今すぐ二人まとめてあの世へ……！』

『お待ちを、伯父上』

『何だ、今更命乞いか？』

『そうではありません。そろそろあなたに連絡が入るころではないかと思いまして』

『連絡？』

怪訝そうに訊き返したエリオの後ろで、コジモとリッピも訝しげに顔を見合わせる。

するとその途端、いくつかの携帯電話が同時に鳴った。

リカルドが弘樹に小声で告げる。

「弘樹。十秒ほど経ったら頭をかばって地面に身を伏せろ。死にたくなければな」

いきなり言われて目を見開いてしまう。もしかして、この状況を打開すべく何か手を打ってあるのだろうか。

慌てて心の中で拍を打っていると、電話に出た部下たちがその内容を叫び始めた。

『エリオ様、大変です！　パレルモ近郊の麻薬精製所とドン・マルティーニのお屋敷が、何者かに占拠されたそうです！』

『何だとっ』

『コルシカの武器倉庫には、警察の手が！　密輸ルートも押さえられて……！』

聞き覚えのある話だ。ジェノバの屋敷でリカルドたちが話していたのは、もしやこのことだったのだろうか。

そう思ったところで十秒が経ったから、弘樹はリカルドの目を見た。リカルドが頷き、二人で重なるようにして地面に身を伏せた次の瞬間――。

ボンッ、と地を揺らすような爆発音と共に、リカルドの乗ってきたヘリコプターが爆発した。

続いてビシ、ビシッ、と空気を裂くような鋭い音が鳴り、ヘリコプターの爆発に気を取られてそちらを注視していたエリオの部下たちが、次々ともんどり打って倒れていく。一体何が起こっているのだろう。

(……う、撃たれてるっ?)

地面に倒された男たちは、よくよく見れば皆血を流して呻いている。

どうやら麦畑のはるか遠くから、こちらを狙撃《そげき》している者がいるようだ。

一人だけ取り残されてようやく事態に気づいたエリオが、ヒッと悲鳴を上げて慌てて身を伏せると、やがて銃撃はやんだ。

リカルドが立ち上がり、傍らに落ちていた拳銃を拾い上げて、ゆっくりとエリオの傍まで歩いていく。

『リカルドっ、貴様一体何をしたッ』

『ちょっとした準備を。あなたが父から奪い、祖父から搾取しているものを取り返すためのね』

リカルドが言って、小さく首を振る。

『でもう、あなたには関係のないことだ。何故ならあなたは、ここで死ぬのだから』

『……なっ……』

形成の逆転を楽しむようなリカルドの口調は、どこか昏い悦びに満ちている。その陰惨な響きに、こちらまでゾクリとさせられる。

リカルドは今まさに、家族の仇であるエリオを殺害して復讐を遂げるつもりでいるのだろう。

先ほどは弘樹も、由香やカルロを殺された怒りを思い出して激しい憎しみの感情を抱いたから、リカルドの気持ちの高揚も分からないではないけれど――。

(でもやっぱり、そんなの駄目だ！)

爆発で吹き飛んだ麦畑の実った麦の穂。そして目の前に倒れている血まみれの男たち。

そんなものを見ていたら、復讐などどこまでも愚かしいことだと強く実感した。

血を流して奪ったものは、きっとまた同じようにして奪い返される。どこかで連鎖を断ち切らなければ、リカルドは一生恨みと憎しみの渦中で生きていくことになるだろう。好いた男がそんなふうになるのは絶対に嫌だと、心の底から強くそう思う。

しかしリカルドは、撃たれる恐怖に硬直しているエリオの眉間にもうしっかりと狙いを定めている。弘樹は急いで立ち上がり、リカルドに向かって絞り出すように叫んだ。

「やめろリカルドッ！　撃っちゃいけないっ」

「……弘樹？」

「そんなことはもうやめろ！　復讐なんて愚かしいって、そう言ったのはあんたじゃないかッ！」

弘樹の必死の言葉に、リカルドがどこか戸惑ったような表情を見せる。

リカルドのためを思って叫んだ言葉が、彼の胸にまで届いたのだろうか。ややあってリカルドが、エリオをゆっくりと見下ろして言った。

『……伯父上。彼があなたを撃つなと言ってくれていますよ。そんなことは愚かしいと』

『な、なにっ？』

『確かに私も、こうして無抵抗のあなたを撃ち殺しても意味などないように思います。やはり私にも、サムライの血が流れているのかな。あなたの嫌う下賤な血が』

そう言ってクスリと笑い、リカルドが告げる。

『あなたにチャンスをあげましょう、伯父上。この地を去り、二度と私の前に現れないと誓うなら、命だけは助けてあげます。彼に免じてね』

『助けるだと……？　本気で言っているのか？』

『ええ、もちろん。マフィアの誇りにかけて』

リカルドの言葉に、エリオが不審そうな顔をしながら黙り込む。

だが、命に代わるものなどないと悟ったのだろう。やがてエリオが、低く唸るように言った。

『……分かった。おまえの言う通りにする……』

エリオの答えに、こちらも少しホッとする。

リカルドが銃を下ろして、ゆっくりとこちらを振り返った。

その顔に浮かぶのは、何とも晴れやかな表情だ。今まで見たこともないようなその表情は、大きな使命を成し遂げた達成感の表れなのだろうか。とても魅力的で、それだけで胸が高鳴ってしまいそうだ。

こちらへ戻ってくるリカルドに、弘樹も笑みを返そうと見返す。

すると視界の端にキラリと光るものが入って、エリオが半身を起こすのが見えた。

その手にあるのは――――。

「リカルド、危ないっ！」

言うよりも早く、体が動いていた。リカルドに駆け寄り、その体をかばうように飛びついた瞬間、弘樹の右肩の辺りにドンと衝撃が走った。

リカルドの衣服にパッと鮮血が飛び散り、その目が大きく見開かれる。

「弘樹ッ！」

狼狽《ろうばい》したようなリカルドの声に、自分は撃たれたのだと気づかされる。

焼けつくような痛みに顔を顰《しか》めると、リカルドの目がキュッと細められ、瞬時に弘樹の肩越しにエリオへと視線が注がれた。

弘樹の体を抱きとめ、地面に倒れ込みながら、リカルドが拳銃を発砲する。

ズンと腹に響くような、重い銃声。エリオは声一つ出さない。

振り返って確認せずとも、エリオが一撃で射殺されたのが分かった。結局リカルドは、自らの手で復讐を遂げてしまったのだ――。

(でもリカルドは、一度は思いとどまった……)

相手も銃を持っていたし、先に撃ってきたのも向こうだ。だったらこれは復讐ではなく、正当防衛といえるのかも。

一瞬そんなことを考えていたら、急に寒気がして、目の前が真っ暗になった。

もしかして、出血が激しいのだろうか。弘樹を地面に横たえ、傷を布か何かで押さえながら、リカルドが呼びかけてくる。

「弘樹っ、しっかりしろ！　声が聞こえているなら目を開けてくれ！」

薄れる意識の中、聞こえてきたリカルドの声は、ひどく悲痛な響きをしている。リカルドがこんなにも感情的な声を発するなんて、初めてのことだ。

うっすら瞼を開けると、目の前にリカルドの沈痛な顔があった。

「弘樹、どうしてこんな無茶をっ……！」

「リカ、ルド？」

「復讐を遂げたところで、おまえを失ったら何の意味もないのだ！　何故それが分からないっ！」

泣きだしそうな声音で叱責されて、ドキリとしてしまう。

半ば八つ当たりのような言い方だが、それだけに逆に強く確かな感情が伝わってくる。

リカルドはそんなにも、弘樹のことを大切に思ってくれていたのだろうか。だから抗争に巻き込まれないよう、あんなに慌てて日本へ帰そうと――――？

（……捨てられたんじゃ、なかった……？）

ここへ来てくれたのはマフィアの誇りのためだと言っていたけれど、そればかりではなかったようだ。そう分かって嬉しい気持ちになる。

けれど、意識をしっかりと保っているのは限界だった。痛みと出血のショックとで、弘樹はそのまま気を失った。

遠くから、微かにピアノの音が聞こえる。

明るく軽やかな旋律。どうやらモーツァルトのようだけれど、ここはどこなのだろう。もしかして、『オーシャンブリーズ』号のグランドスイート客室なのだろうか。

でもあのピアノにしては、響きが軽いような気がする。

心地よい旋律に誘われるように、弘樹はゆっくりと瞼を開いた。

（……船じゃ、ないみたいだ）

壮麗なシャンデリアに金彩の入った壁紙。それに重厚な暖炉。

弘樹がいる部屋は、どこかの屋敷の一室のようだ。一瞬あのジェノバの屋敷なのかと思ったが、少し様式が違うように思う。

視線を動かしてみると、大きな窓の向こうに中庭があって、ピアノはそこに出されていた。弾いているのは百合絵のようで、彼女の傍には車椅子に座った老人がいる。

彼女は無事だったのだと安堵しながら、ピアノの音色に耳を傾けていると、廊下のほうから人の話し声が聞こえてきた。

『……ああ、船は予定通りカターニアに入港する。歓迎式典までに戻らねばならないのだが、ここからどれくらいかかったかな、ロレンツォ？』

『車で二時間ほどです。時間には間に合いますのでご心配なく』

話しているのは、リカルドと彼の部下のロレンツォのようだ。都合、途中で下船してしまったが、『オーシャンブリーズ』号は日程通りに地中海クルーズを終えて、これから終着点であるシチリアのカターニアに入るところのようだ。

とすると、ここもシチリアのどこかなのだろうか。

部屋の開いたドア口から、リカルドがロレンツォと話しながら入ってくる。

『助かるよ、ロレンツォ。何せヘリを壊してしまったから、移動に時間が……』

『おや……。リカルド様。彼が』

『ん？』

『鳴瀬様が、お目覚めのようでございます』

ロレンツォの言葉に、リカルドがこちらを向く。その顔に、心底嬉しそうな笑みが浮かぶ。

「弘樹、目覚めたのか?」

「……ああ。ここは、どこだ?」

訊きながら、ゆっくりと体を起こすと、右肩にズンと来るような痛みを覚えた。リカルドが慌ててこちらへ駆け寄って、ベッドに腰かけて気遣うように言う。

「傷が痛むか? かなり強い鎮痛剤を打ってはあるが、弾傷だからな……。無理せず横になっていたほうがいい」

優しく促され、またベッドに横たわる。それを見ていたロレンツォが、小さく声をかけてくる。

『リカルド様、私はサロンのほうにおりますので、ご用の際はお声かけ下さい』

『ロレンツォ……、すまないな。すぐに行くよ』

『まだ時間はあります。ごゆっくりなさって下さい、ドン・マルティーニ。ここはあなた様の館なのですから』

そう言って、ロレンツォが部屋を出ていく。

リカルドがこちらを見つめ、そっと髪を撫でてくる。

「すぐに目覚めてくれてホッとしたよ、弘樹。弾は貫通していたし、動脈なども かすめていなかったから、このままここで療養していればじきによくなるだろう。命に別条がなくて、本当によかった」

リカルドが言って、静かに続ける。

「ここは、マルティーニ家の代々の当主が住む屋敷だ。あそこにいるのが私の祖父、ブルーノ・マルティーニだよ」

リカルドが手振りで示したのは、窓の外の車椅子の老人だ。例の、エリオが軟禁していたというマルティーニファミリーの首領だろう。

リカルドがすまなそうな顔をして告げる。

「ファミリーの争いに、おまえをこんなふうに巻き込んでしまった。本当に申し訳なく思っている。でも何も心配しなくていい。もう全て終わったからな」

「全て、終わった……？」

半信半疑で問いかけたところで、思い至った。

――――ドン・マルティーニ。

ロレンツォはリカルドをそう呼んでいた。伯父エリオへの復讐を遂げ、祖父を救い出したリカルドは、名実ともにマルティーニファミリーの首領《ドン》となったのだろう。

優しく弘樹の手を取り、その甲にそっとキスをして、リカルドが言う。

「弘樹。ジェノバで母の身代わりになってくれたこと、どれほど感謝しても、し尽くせるものではないと思っている。心からありがとうと言わせてくれ」

「……いや、俺は別に、大したことは」

「あのとき、本当は私に腹を立てていたのではないか？　いきなり突き放して、日本へ帰れと命じた私に？」

「それはまあ、多少は。けど、様子が変だなってことは、何となく分かってたから。あの屋敷に集まってたの、あんたの部下たちだったんだろ？」

「部下というか、私を支持するファミリーの幹部たちだ。ロレンツォは伯父に殺された私の父が、誰よりも信頼を置いた腹心だった男だよ」

リカルドが言って、思案げに事の経緯を話しだす。

「我々は当初、カターニア入港後にファミリーの平和的な話し合いの場を設けることを考えていた。伯父は最初、全く話し合いに応じない姿勢だったようだが、私の暗殺に何度も失敗したせいもあるのか、ジェノバに入る直前に交渉の席につく用意があると伝えてきていた。だが私が船に戻る直前にロレンツォたちが襲撃を受けたと聞いて、もうあまり悠長なことはしていられないと思ったのだ」

「……あのときの電話が、それか。だから俺を日本へ？」

「ああ。本格的な抗争におまえと母を巻き込みたくない一心で、とにかくジェノバを離れさせようとしたのだが、連中は襲撃で浮き足立ったこちらの監視の目をすり抜けてジェノバの街に侵入し、あの屋敷を襲った。母を誘拐するためにな」

そう言ってリカルドが、小さく首を振る。

「おまえが代わりに連れていかれたと聞いたときは、本当に肝《きも》が冷えた。何年も密かに想い続けてきて、ようやくこの気持ちを伝えられる寸前まで来たのに、あんな事態になるなどとはな」

「え、何年も、って……？」

訊き返すと、リカルドは困ったような顔で微笑んだ。

それから、ゆっくりと言葉を紡ぐように切り出した。

「私はずっと、全てが終わったらおまえに自分の気持ちを伝えようと思っていた。そして今、ようやくそのときがきた……。私の想いを、聞いてくれるかな？」

改まって訊かれて、ドキドキしてしまう。

コクリと頷くと、リカルドは安堵したように微笑んだ。

「では聞いてくれ、弘樹。私は、本当はもう何年も前から、おまえのことを想い続けてきた。パリでおまえの演奏を見て以来、おまえのピアノとおまえという存在に、私の心は完全に囚われてしまっていたのだ」

熱っぽい告白に目を見開いてしまう。まるで一目惚れを告白されているような気分だが、もしかして本当にそうなのだろうか。

「パリでおまえの演奏を聴いたのは、ちょうど家族を失ってすぐのころだ。母があんな状態になってしまった上に、ロレンツォを始め、父を支持していたファミリーの幹部が次々シチリアを追われて、私は途方に暮れていた。父にならって北米で事業を興してはいたが、心の故郷を失ったようなものだったからな」

リカルドが言って、過去を思い返すように小首を傾げる。

「でもあのとき、音楽院で『熱情』を演奏しているおまえを見ていたら、気持ちが奮い立ってきた。私がビジネスで成功すれば、マルティーニの名を世界に知らしめられる。そうなればやがて全てを取り戻せるだろうとな。音楽にあんなふうに心を強く動かされたのは初めてだった。だからおまえのことが、ひどく気になったのだ」

そう言ってリカルドが、笑みを浮かべて続ける。

「おまえには黙っていたが、おまえがパリを去り、ニューヨークでジャズの勉強をし始めたころから、私はずっとおまえを見守り続けていた。ジャズピアニストとして頭角を現し始めてからは、どこかに出演するたびに密かにその姿を見に行っていたし、聴けば聴くほどおまえのピアノに魅せられていった。あまりにも魅了されすぎて、ジャズクラブ『ムーンライト』を買収してしまうほどにな」

「『ムーンライト』をっ？」

何度か出演していた、ジャズマン憧れの老舗《しにせ》ジャズクラブ『ムーンライト』。さすがにオーナーが誰かまでは知らなかったが、まさか――――？

「あそこは、今は私の店なのだよ。おまえが出演しているのを知って、半年ほど前に買収した。他にもいくつもの店を同じような理由で手に入れた。おまえの演奏を、いつでも聴きたいときに聴きに行けたらと思ってな」

「リカルド……、それ、本当なのか……？」

そんなこととは知らなかった。驚いて言葉もない弘樹に、リカルドが声を落として言う。

「だが、私には伯父への復讐という使命があった。常に身の危険が迫る状態で、誰とであれ必要以上に親密になるのもどうかと思ったし、一ファンとしておまえを見ていたい気持ちもあったから、声をかけたりせずひっそりと覗き見る程度で我慢していたのだ」

リカルドがそう言って、どこか恥じ入るような面持ちで続ける。

「でも船で、あんな形でおまえと初めて言葉を交わして、私はもう自分を抑えることができなかった。拘束して無理やりに想いを遂げたばかりか、閉ざされた船の中でならば誰の目にも留まらぬだろうと、おまえの弱みにつけ込むようなずるい条件を出して、愛人になれなどと迫って……。結局はそのせいでおまえを危険に曝したのだから、私は自分の堪え性のなさが恥ずかしい。正直おまえには、軽蔑されても仕方がないと思っている」

「リカルド……」

「だがおまえとおまえのピアノは、私にとってもはや生きる糧《かて》ですらある。おまえがいない人生など到底考えられない。私は愛しているのだ、おまえの全てを」

――『おまえの全てを愛している』。

そんなにも深くリカルドに想われていたなんて、嬉しすぎて言葉が出てこない。

こちらの想いを伝えるのにふさわしい言葉を探していると、リカルドが笑みを浮かべて言った。

「……ふふ、言葉に詰まってしまったな。困らせたか？」

「いや、そういうわけじゃ……」

「いいさ、弘樹。私が愛を告げたからといって、おまえに応えねばならぬ義理はない。今の私は名実ともにマフィアそのものだし、おまえがそれを受け入れがたく思うのも仕方がないことだ」

優しく言いながら、リカルドがまた、そっと弘樹の髪を撫でてくる。

「だから弘樹。おまえは私が言ったことは気にせず、傷が癒えるまでここでゆっくりしていてくれ。その後どうするかは、弘樹が決めてくれていい。私は全て受け入れるよ」

そう言うリカルドは、とても晴れやかな顔をしている。

でも、弘樹にはもう分かっている。

リカルドが本当は孤独であることを。

心悩ます物事から離れ、ただ何も考えずに音楽や恋情に耽溺《たんでき》したいと望んでいることを。

そうしてその心と体とを、甘く癒されたいと思っていることを――。

(俺なら、それができる。リカルドを癒してやれる……)

そのことに沸き上がるほどの喜びを覚えている自分は、間違いなく彼を愛している。

改めてそう実感して、知らず笑みがこぼれる。弘樹はリカルドを見上げて言った。

「だったら、リカルド。もう何も告げずに俺を遠ざけたりはしないと誓ってくれ。俺はあんたの傍にいたいんだ。これからも、ずっと」

「何……？」

「正直言って、マフィアの世界のことは俺には分からないし、物凄く怖くもある。でも人を好きになるのにそんなのは関係ないって、今はそう思えるんだ」

弘樹は言って、リカルドのほうへ手を伸ばした。

リカルドがその手を握ってくれたから、彼の手を自分の胸の上に引き寄せる。

「俺は、あんたのためにピアノを弾きたい。好きな人の心を癒す音楽を、この指で奏でたい……。ただ心から、そう思うんだ」

「弘樹……」

「俺も愛してる、リカルド。だから俺を、あんたの恋人にしてくれ。パトロンだの愛人だのじゃない、正真正銘本物の恋人に」

弘樹の言葉に、リカルドが瞠目する。

やがてその双眸が緩み、優しい笑みが浮かぶ。

「……本当にそれでいいのか、弘樹。私はマフィアだぞ？」

「それがどうした。俺は一介のピアニストだ。聴衆をえり好みしたりはしない」

茶化すように言い返すと、リカルドが呆れたようにため息をついた。それから静かに身を屈め、弘樹の額にキスをしてから、甘く囁いた。

「嬉しいよ、弘樹。一生大切にする。おまえと、おまえのピアノを」

リカルドの言葉が嬉しくて、ジンと心が温かくなる。そっと交わしたキスは、恋人同士の甘やかな味わいがした。

それから、ふた月ほどが経って――――。

「弘樹。そろそろ起きてこちらへ来ないか。いい風が吹いているぞ？」

リカルドの誘う声と漂ってくる潮の香りとで、弘樹は目を覚ました。

窓から射してくる陽光と、部屋を抜けていく爽やかな風。

ゆっくりとベッドの上で体を起こして、弘樹は声のしたほうを見やった。

昨日の夕刻にシチリア島カターニアを出港した『オーシャンブリーズ』号は、晴天の地中海を航行中だ。ロイヤルスイート客室の窓の外には、空と海の青が広がっている。

寝間着のままプライベートバルコニーへと歩いていくと、リカルドはそこに設えられた大きなジャクジーに身を沈めて、スパークリングワインを片手に寛いでいた。

「……もう飲んでるのか、リカルド。朝から豪儀《ごうぎ》だな」

「硬いことを言うな。せっかくのハネムーンクルーズではないか」

「そ、それは、そうだが」

ハネムーンなどと言われると、何となく照れてしまう。染まった頬を隠すように、弘樹は軽く顔を背けた。

エリオ一派が抜けたマルティーニファミリーの立て直しと、それに伴うファミリー内の権限の移譲、そして非合法事業の縮小。

このふた月、リカルドはロレンツォや信頼のおける部下たちと共にそうした組織改革に取り組む傍ら、時間を見つけては弘樹のところへやってきて、食事の世話や傷口の手当をしてくれるなど、何かと面倒をみてくれていた。

リハビリ代わりにピアノを弾くのにも付き合ってくれたし、独りにしたくないからと、夜は同じ部屋で眠ってくれたりもしていたから、弘樹にとってはこのふた月が、すでに蜜月のようなものだったのだ。

シチリアでの事業とファミリーの取りまとめ役をロレンツォに任せ、マルティーニグループの総帥としてアメリカに戻るリカルドと一緒に、慣れ親しんだ街ニューヨークへと帰るこの旅にも、もちろん感慨深いものはあるけれど。

「一緒に入らないか、弘樹。気持ちがいいぞ?」

「え、一緒に?」

ジャグジーに誘われて、一瞬戸惑った。

怪我をしていたから、恋人になったもののリカルドとはまだほとんど触れ合っていない。昨日の晩もキスをして手を繋ぎ、身を寄せ合って眠っただけだったから、何となく気恥ずかしさが先に立ってしまう。弘樹はモゴモゴと言い訳するように言った。

「う、うーん、そうしたい気もするけど、でも誰かに見られそうで、ちょっと怖いな」

「誰にも見られはしないさ。そのためにこの部屋《ロイヤルスイート》にしたのだからな。さあ、早く服を脱いで入ってこい」

そう言って促されたら、何となく断るのも変かなという気がしてきた。ためらいながらも裸になって、薔薇の香りのする泡立った浴槽に体を沈める。

青空の下でジャグジーに浸かるなんて、もちろん初めてだったけれど、確かに開放感があって、なかなか悪くない気分ではある。

「弘樹も、ワインを？」

「あー……、じゃあ、少しだけ」

誘惑に負けてそう答えると、リカルドがつめたく冷えたスパークリングワインをグラスに注いで、こちらへ寄こした。受け取って視線を合わせ、乾杯してひと口飲む。

軽いが深みのある独特の味わい。マルティーニ家が代々受け継いできたというシチリアの畑の葡萄で作ったワインの、特有の味らしい。

湯に浸かりながらワインを味わう弘樹をゆったりと見つめて、リカルドが言う。

「もうすっかり目立たなくなったな、弾傷は」

「ああ、そうだな。ピアノを弾いても全然違和感がないし、よくなったみたいだ」

「そうか。何か後遺症でも出たらと少し心配していたのだが、本当によかった」

弘樹の肩の傷は、あれからひと月半ほどでほぼ完治して、痕もそれほど残っていない。

だが一方、リカルドが船のガーデンデッキで負った腕の傷のほうは、傷自体はもうすっかり治っているようだが、まるで映画に出てくる海賊の体にでもあるような、大きく盛り上がったグロテスクな傷痕になって残っている。見慣れていても、目の前で見るとちょっとギョッとしてしまう。

「なあ、あんたのそれは、形成外科手術か何かで目立たなくなるものなのか？」

「この傷か？　さあ、恐らくそうだろうとは思うが……、特にその気はないな」

「どうして。凄い痕になってるじゃないか」

「私は気にならない。むしろ残しておきたいくらいだ。自分への戒めとしてな」

リカルドが言って、傷痕を指先でなぞる。

「私はこれから、一生おまえを守って生きていくつもりなのだ。もう二度とおまえを危険な目には遭わせない。この傷痕は、その覚悟を忘れないためのしるしだ」

「リカルド……」

真摯な言葉に胸が熱くなる。そんなにも愛され、大切に思ってもらえているなんて、それはとても嬉しいことだ。

でも我が身を振り返ると、男として頼りなさも感じる。できるならば大切に守られているだけでなく、リカルドを支えてやりたいと思うのだ。

彼の一生の恋人、すなわち彼の、伴侶《はんりょ》として。

「こちらへ来い、弘樹」

リカルドがグラスを置いて、弘樹を呼び寄せる。湯の中を移動して傍に行くと、その腕に体を抱き寄せられた。弘樹もグラスを置き、リカルドの首に腕を回す。

柔らかく重なる、口唇と口唇。

恋人同士のキスはいつでも甘く、心を優しく蕩かせる。誘うように口唇を緩めると、リカルドの舌がスルリと滑り込んできた。

スパークリングワインの味のする舌を絡め合い、口唇を吸い合うと、それだけで頭の芯がぼうっとしてくる。

甘いキスに酔いながら、リカルドの首にしがみつくように身を寄せると――――。

「ひあっ」

湯の中でいきなり双丘を両手で撫で上げられて、おかしな声が洩れてしまう。

そのまま背筋をなぞられ、思わずビクッと身を震わせると、リカルドが悪戯っぽい目をして訊いてきた。

「案外可愛い反応をするな、弘樹。今朝は私が体を洗ってやろうか」

「なっ、ちょ、やめろっ、くすぐったいだろッ」

両手で肌を撫でられて、くすぐったさに慌てて身を離す。

湯の中を逃げようとしたけれど、リカルドは弘樹の退路を塞ぐように浴槽の底に手を突いて追いかけてくる。泡立った湯を派手に波立たせながら湯船の反対側に来たところで、背後からぎゅっと抱きすくめられた。

弘樹の耳朶に優しくキスをして、リカルドが囁く。

「ふふ、本当にもうすっかり回復しているようだな、弘樹。朝食の前に、久々におまえを味わってもいいか？」

「……えっ？」

「おまえが欲しい。今すぐここで、抱きたい」

「抱きたいって、リカルド……、あ、ぁんっ……」

いきなり甘い言葉で迫られ、背後から回された手に胸をまさぐられてドキリとする。乳輪をくるりと撫でられたら、それだけで乳首がツンと勃ち上がった。

ふた月ぶりの愛撫に、弘樹の体はまるで待っていたかのように敏感に反応するけれど。

「リカルド、こんなところでよせっ」

「誰も見ていないと言っただろう？」

「ん、で、でもっ……、ぁ、あっ」

抗おうとするのだけれど、湯の中で下腹部に触れられて、そこもすでに形を変え始めていることに気づかされた。

「弘樹だってこんなにしている。リカルドが嬉しそうに囁く。ほら、指先で触れただけで大きく育ってきたぞ？」

「あ、ん……、や……」

優しく欲望を扱かれて、ビクビクと感じてしまう。

屋外でこんなことをするなんてと、とても恥ずかしいのだけれど、リカルドの手のヌルリとした感触に身悶《みもだ》えしてしまいそうだ。これはバスジェルに含まれる保湿成分のせいなのだろうか。ただ触れられるよりもずっとエロティックな感触が新鮮で、知らず腰まで揺れてしまう。

もう片方の手で乳首をクニュクニュと転がされ、耳朶を舌先でチロチロと舐められたら、呆気なく羞恥心も吹っ飛んで、欲情が昂ぶってきた。

触れられる悦びに抗えず、甘い吐息を洩らし始めた弘樹に、リカルドが低く命じる。

「……私が欲しいと言え、弘樹。今すぐ欲しいと」

傲慢に響くリカルドの言葉。

でもこれは、もう恋人同士の言葉だ。

応える代わりに体ごと振り返り、濡れた目で誘うようにリカルドを見つめると、リカルドがふっと微笑んで、胸を合わせるように弘樹の体を抱き寄せて口唇を重ねてきた。

「んん、ン……」

口腔を舌で愛撫するような、濃厚なキス。

リカルドがひどく昂ぶっているのが、口唇と合わさった胸とから伝わってくる。獰猛《どうもう》な雄の欲望をダイレクトに感じて、こちらの体芯もジンと疼く。

リカルドの首に腕を回してすがりつくと、両下肢を大きく開かされ、手のひらでやわやわと内股を撫でられた。

「……ん、ふ……」

しばらくぶりの愛撫に、重なった口唇の間からあえかな吐息が洩れる。下肢の付け根や双果の際をくすぐるように撫でられ、会陰を優しくなぞられて、後孔が早くも物欲しげにヒクつくのを感じた。

窄まりに触れられて、内奥を熱くしながらリカルドがそこを開くのを待っていると、やがてつぷりと指が入ってきた。

「……っ、ん、ぅ！」

体内に感じる、リカルドの長い指の感触。

ゆっくりと抜き差しされるたびに浴槽の湯も出入りするのか、温かいものが中を流れる感覚がある。後ろを解す指を徐々に増やされ、中に入った湯ごと内腔をクチュクチュと掻き回すようにされたら、喘いでしまいそうになった。

リカルドがキスを解いて、クスクスと笑う。

「ふふ、私の指に、おまえが吸いついてくる。おまえのここは随分といやらしいな」

言いながらリカルドが、中でくいっと指を曲げて弱みをなぞってきたから、ヒッと息をのんでしまう。そこを軽く押されただけで、弘樹の先端からトロリと蜜液が溢れ、湯の中に広がった感覚があった。

このふた月はなるべく安静にしなければと、自分を慰めることもしていなかったから、弘樹の体はいつになく熟れてしまっているようだ。

たまらなく、リカルドの雄が欲しくなってくる。

「リカル、ドっ、もう、くれっ」

「弘樹？」

「早、くっ……、早くあんたを、挿《い》れ、てっ……」

そんなふうにはしたなく挿入を求めてしまったのは、初めてのことだ。リカルドが双眸を緩め、劣情を宿した艶麗《えんれい》な声で言う。

「おまえのほうから求めてくれるなんて、嬉しいよ弘樹。これからはいつでも、そんなふうに求めるがいい。私はもう、おまえだけのものだ」

「俺だけの、もの？」

「そうだ。いくらでも、好きなだけ私を求めろ。そうして私のためにだけ、おまえの甘い啼き声を聴かせてくれ」

そう言ってリカルドが、後孔から指を引き抜いて、代わりに彼自身をあてがってくる。

彼の欲望は、すでに雄々しく勃ち上がっていた。望むものを与えられる悦びに震えながら、自ら腰を上向けてみせると、リカルドがゆっくりと貫いてきた。

「はあっ、あぁっ……、ん、ん、大き、い……！」

熱した楔のようなリカルド自身が、ゆっくりと弘樹の中に侵入してくる。

ぬめりのある湯を絡めながら、弘樹の中に沈み込んでくるリカルドの雄は、もう今にも爆ぜそうなほどのボリュームだ。

とても甘苦しいけれど、でも痛みなどはない。体内深くにリカルドが入ってくるのを感じただけで、恍惚となってしまいそうだ。挿れられたばかりなのに、達してしまいそうな感覚までしてきてしまう。

雄の熱さを楽しむように、ヒクヒクと身を震わせて感じ入っている弘樹を見つめて、リカルドが甘い声音で言う。

「綺麗だ、弘樹。おまえは誰よりも美しい」

「リカル、ド」

「おまえの顔を見ているだけで、持っていかれてしまいそうだ。たまらないよ」

リカルドが言って、形のいい眉を少し顰めて悦を逃がすように浅く息を吐く。

弘樹に触れてリカルドが感じてくれているのだと思うとそれだけで嬉しくて、笑みが浮かんでしまう。

付け根まで全て収められたら、身も心も満たされるのを感じた。想いを繋いでするセックスがこんなにも温かいものだったなんて、知らなかった。

「苦しくないか、弘樹？」

「ん、大丈夫、だ」

「おまえの中はすっかり蕩けているよ。私に吸いついて、奥へと誘い込んでくるようだ。まるで私を待っていたかのようだな？」

「はは、そうかも、な。俺はあんたしか知らない……。俺のここは、あんただけを欲しがってるんだから」

感じるままにそう言ったら、リカルドが中で大きく嵩《かさ》を増した。

その刺激に二人してウッと呻いてしまったから、顔を見合わせて苦笑する。リカルドはもうかなり限界に近い状態のようだ。

これまではずっと弘樹をリードしていて、あまり乱れることのなかったリカルドが、初めて見せた微かな揺らぎ。

リカルドがセックスで余裕のない様子を見せるのは初めてだけれど、それだけに確かな想いの存在を感じて嬉しくなる。

どこか夢見るような目をして、リカルドが言う。

「おまえとこんなふうに抱き合えるなんて、これほど嬉しいことはない。だがすまない、弘樹。もうこれ以上、欲望をコントロールする、自信が……！」

言葉を言い切る前に、リカルドが腰を使い始める。硬く雄々しい熱棒に内腔を摩擦されて、全身にさざ波のような快感が走り始める。

「ぁあ、んぅっ、リカルドっ、す、ご、凄いっ」

深くダイナミックな抽挿。リーチをたっぷりと使って開口部近くまで雄を引き抜かれ、そのまま内奥までズンとひと息に嵌め戻される。

初めからこんなにも大きな動きで突き込まれたのは初めてだ。リカルドが出入りするたび、体内に湯がじゅぶじゅぶと入ってくる。

ひどく淫らな感触にこめかみが熱くなってくるけれど、湯のおかげで中を大きく掻き回されても痛みなどは感じない。それどころか内筒全体がリカルドに追いすがっていくように感じて、強い摩擦感に淫らな嬌声が止まらなくなってくる。

「はうぅっ、いぃっ、湯が、奥まで入っててっ……！」

「私もたまらないよ。中が潤んでいて、溶かされてしまいそうだっ」

リカルドが言って、抽挿のピッチを上げる。

動きを合わせようとリカルドにしがみつき、腰をぐっと上向かせると、浮力で下肢が不安定に浮いてしまった。

その両下肢を高く抱え上げて、リカルドが最奥を突き上げ始める。

「ああっ、はああっ、ふ、か、深、いっ……！」

浴槽の中で腰を浮かされ、リカルドの首につかまる腕だけで体を支える体勢だから、こちらはどこまでも一方的にリカルドを感じさせられるばかりだ。雄にたっぷりと擦り立てられた内壁は、襞という襞が全て捲《めく》り上げられてトロトロに蕩けていく。

切っ先で弱みを抉り立てられ、繰り返し最奥を貫かれたら、腹の底が妖しく蠢動し始めた。

「はあ、ぁっ、んんっ、いいい、凄く、い、ぃっ」

全身に満ちる悦びの律動。迫りくる絶頂の兆しに、腰が淫らに揺れる。ビクビクと身を震わせ始めた弘樹に、リカルドが察したように訊いてくる。

「弘樹、達くか？」

「んんっ、ぃ、くっ、も、我慢、できなっ……！」

「それなら、一緒に……！」

リカルドが言って、弘樹の下肢を抱え直す。

そのまま湯の中でガツガツと腰を打ちつけられて、視界と意識とがぐらぐらと揺れた。互いの呼吸を合わせ、貪り合うように上りつめていくと、やがて弘樹の視界がぱあっと弾けた。

「ひぅっ、あぁぁっ――――！」

リカルドをキュウキュウと締めつけて、弘樹が湯の中に白蜜をこぼしながら絶頂を迎える。瞬間、体の奥底にドッと蜜液が放たれたのを感じた。

愛しい恋人の、熱い熱いほとばしり。濃密なそれをたっぷりと浴びせられた内腔は、それだけでまた小さく頂を極め、余韻に咽ぶ弘樹の体を更に震わせる。

恍惚に揺れる声で、リカルドが囁く。

「ああ、弘樹っ……、素晴らしいよっ」

「リカ、ルド」

「おまえとこんな幸せな朝を迎えられるなんて、夢のようだ……！」

それは本当にそうだと思う。

愛し合う恋人同士の朝はどこまでも甘く、そして温かい幸福感に満ちている。

繋がったまま、互いへの想いを噛み締めるようにそっとキスを交わすと、不意に『オーシャンブリーズ』号がボウ、と一つ汽笛《きてき》を鳴らした。

まるで祝砲のような、心を揺さぶるその響き。

リカルドがふっと微笑んで言う。

「……弘樹。ニューヨークへ戻ったら、毎日『船上の朝』を弾いてくれないか」

「毎日？　どうして」

「これからお互いに忙しくなるだろうが、あれを聴けばきっと、いつでもこのときを思い出す。この至福の瞬間を」

「リカルド……」

「愛しているよ、弘樹。誰よりもおまえを。おまえだけを」

「……ああ、俺も愛してる。あんたを、愛してる……！」

ニューヨークに戻ったらと言わず、今すぐピアノが弾きたい。溢れるこの想いを、確かな音で伝えたい――。
そう思える相手がいるなんて、音楽家としてこれほど幸せなことはない。
リカルドとたくさんの時間を過ごして、たくさんの音楽を奏でていこう。
弘樹はそう思いながら、もう一度リカルドの口唇にキスをしていた。

## あとがき

こんにちは、真宮藍璃です。このたびは拙作『執愛虜囚～マフィアと復讐者～』をお手に取って頂きありがとうございます。本作で、プリズム文庫さんからは四冊目の文庫となります。

今回のお話は、一度は書いてみたかった（何だかこればかり言ってる気もするのですが（笑））イタリアマフィアモノ、そして豪華客船モノです！

マフィアというと、もう頭の中に自動的に某有名映画のテーマソングが流れてしまうのですが、血とかドンパチとか陰謀とか裏切りとか、とにかく濃くて重たいイメージがありますよね。

そういうドヨドヨっとした感じも好きなのですが、今回は豪華客船モノでもあるので、どちらかといえば陽光と海風の爽やかさが強く出ているお話です。もちろん、サブタイトルにもあります通り、復讐というキーワードもあるにはあるのですが、裏社会系の重たいのはちょっと……、という方にも、比較的抵抗なくお読み頂けるお話なのではないかと思っております！

そんな今回の攻めは、マフィアの一族であり、また世界的企業のトップでもある人。いつものようにスーパー攻め様系です。恋愛に関してはかなり一途なのですが、立場的にその想いを前面に出せないところもあり、それが傲慢な態度になって出てしまう、というような人です。ある意味不器用なのかもしれませんね。

対する受けは、気の強いツンデレ君。今まで書いてきた子たちよりもかなり直情型で、思い込みの激しいタイプかなあと思っています。やんちゃではないですが、ハートはかなり強い子です。

ちなみに、攻め様のことを最後まで「あんた」と呼ぶ生意気な受け、というのは私の個人的な萌えポイントなのですが、いかがでしょうか。ご賛同頂けたら嬉しいのですが、可愛げなく映っていたらゴメンナサイです！

さて、この場を借りましてお礼を。

挿絵を描いて下さいました立石涼先生。お忙しいスケジュールの中お引き受け下さいましてありがとうございます。頂いたキャララフの攻め、リカルドが本当に物凄い迫力と眼力で、担当様と二人で「超マフィア様キター――！」と叫び合っておりました。受けの弘樹も、気の強さと繊細さのバランスが絶妙で、照れたところなどはとても可愛いなあとも感じました。本当にどうもありがとうございました。

担当のS様。傲慢俺様攻めを書こうとしても、わりとすぐ受けに手心を加えてしまいがちなところを、もっとこっち！　こっち！　と導いて下さって、毎度本当にありがとうございます。じっと我慢の攻め様も好きなのですが、己が欲望をぜんぜん我慢しない攻め様も大好きなので、そんな攻め様を今後も一層追及していきたいと思います！

作編曲家のT君。プチ取材をさせてもらいありがとうございました。イタリア通のNちゃん。豪華客船の情報をありがとう。いつかオールインクルーシブのラグジュアリー客船で旅をしてみたいですね！

最後になりましたが、この本を手に取って下さった読者様。今一度篤く御礼申し上げます。感想など頂けますと嬉しいです！　どうぞよろしくお願いいたします。

二〇一三年晩夏　真宮藍璃

プリズム文庫

双龍会大槻組三代目組長の妾腹の息子・智哉は、子供のころから折にふれ面倒をみてくれていた父の懐刀の朝倉に、密かに想いを寄せている。そんなある日、以前から体調を崩していた父の訃報を知らされた智哉は、ひとり赴いた斎場で正妻の息子である兄の罠にかかり、組員たちの目の前で朝倉に抱かれることになってしまう。更には組の借金のかたに遊廓へ売られ、男娼にされると聞かされて…!?

# 原稿募集

プリズム文庫では、ボーイズラブ小説の投稿を募集しております。
優秀な作品をお書きになった方には担当編集がつき、デビューのお手伝いをさせていただきます！

---

**応募資格**

性別、年齢、プロ、アマ問わず。他社でデビューした方も大歓迎です。

**募集内容**

商業誌に未発表のオリジナル作品であれば、内容に制限はありません。ただし、ボーイズラブ小説であることが前提です。エッチシーンのまったくない作品に関しましては、基本的に不可とさせていただきます。

**枚数・書式**

1ページを40字×16行として、100〜120ページ程度。原稿は縦書きでお願いします。手書き原稿は不可ですが、データでの投稿は受けつけております。
投稿作には、800字程度のあらすじをつけてください。また、原稿とは別の用紙に以下の内容を明記のうえ、同封してください。

◇作品タイトル　◇総ページ数　◇ペンネーム
◇本名　◇住所　◇電話番号　◇年齢　◇職業
◇メールアドレス　◇投稿歴・受賞歴

**注意事項**

原稿の各ページに通し番号を入れてください。
原稿は返却いたしませんので、必要な方はコピーを取ってからのご応募をお願いします。

**締め切り**

締め切りは特に定めません。随時募集中です。
採用の方にのみ、原稿到着から3カ月以内に編集部よりご連絡させていただきます。

**原稿送り先**

【郵送の場合】〒153-0051　東京都目黒区上目黒1-18-6　NMビル3F
(株)オークラ出版「プリズム文庫」投稿係
【データ投稿の場合】prism@oakla.com

プリズム文庫をお買い上げいただきまして
ありがとうございました。
この本を読んでのご意見・ご感想を
お待ちしております!

【ファンレターのあて先】
〒153-0051 東京都目黒区上目黒1-18-6 NMビル
(株)オークラ出版 プリズム文庫編集部
『真宮藍璃先生』『立石 涼先生』係

プリズム文庫

# 執愛虜囚 ~マフィアと復讐者~

2013年10月23日 初版発行

著 者 真宮藍璃
発行人 長嶋うつぎ
発 行 株式会社オークラ出版
〒153-0051 東京都目黒区上目黒1-18-6 NMビル
営 業 TEL:03-3792-2411 FAX:03-3793-7048
編 集 TEL:03-3793-8012 FAX:03-5722-7626
郵便振替 00170-7-581612(加入者名:オークランド)
印 刷 図書印刷株式会社


Printed in Japan ISBN978-4-7755-2129-8